SHANGHAI LITERATURE & ART PUBLISHING GROUP

故事会
精品系列

奇幻故事

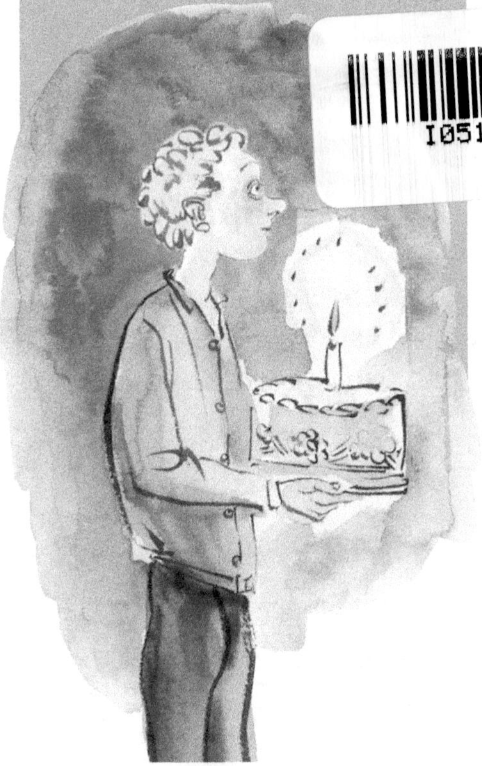

上海锦绣文章出版社
上海故事会文化传媒有限公司

上海文艺出版(集团)有限公司

图书在版编目(CIP)数据

奇幻故事 《故事会》编辑部编 - 上海:上海锦绣文章出版社
(故事会精品系列) ISBN 978-7-5452-0758-3

Ⅰ.①奇… Ⅱ.①故… Ⅲ.①故事 作品集 中国 当代 Ⅳ.I247.8

中国版本图书馆 CIP 数据核字(2010) 第 172683 号

丛 书 名:故事会精品系列

书 名:奇幻故事

主 编:何承伟

编 委:何承伟 吴 伦 姚自豪 夏一鸣

责任编辑:刘迎曦 鲍 放

装帧设计:王 伟

责任督印:张 凯

出 版: 上海锦绣文章出版社

上海故事会文化传媒有限公司

POD 海外发行: 中国图书进出口上海公司

电话:021-36357888

传真:021-36357896

地址:上海市虹口区广中路 88 号

邮编:200083

目　　录

奇 谈 异 录

水无常态,事无常理,可有些咄咄
怪事,却也似乎自有它们的道理。

该死的麻风病

　　石桥村有户人家，三个儿子，三个女儿，可谓人丁兴旺。

　　但不幸的是，大儿子常有金十八岁那年被抓了壮丁，一去八年，音讯全无，家里人都以为他不在人世了，哪想冷锅里爆出个热栗子，有一天常有金突然回来了，喜从天降，全家人高兴得没法说。

　　可是高兴了一阵之后，他们却又一个个惊呆了。为啥？常有金染上了一身"大麻风"。在缺医少药的年代，这种传染病简直就是妖魔鬼怪，真要染上，就是万贯家财耗尽也别想治好。所以别说是穷人，就是大财主遇上，也会不寒而栗。

　　全家人急得像热锅上的蚂蚁团团转，可又没有别的办法，于是他们只好在屋后搭个窝棚，让常有金安顿下来，一方面避免和家里人接触，另一方面则对外保密。

可是这个秘密终究没能保住，几天以后村里人便全知道了。这可不得了，亲戚们吓得不敢来，邻居们也都躲得远远的。更要命的是，常有金的弟弟原本已经订了亲，只好因此吹灯；常有金的妹妹被人家要去的"年庚八字"，也立刻被退了回来。

四邻不见面，六亲不上门，这让一家人怎么过日子呀？常有金心里绝望不已，想想自己得了这种病迟早总是死，迟死不如早死，也好让一家人别再跟着自己遭罪受，于是他便要爹去给他买些砒霜回来。

常老爹当然知道儿子要他买砒霜的心思，怎么舍得？

就这样拖了半年，到了年底，常老爹眼看着一家人实在没法过日子了，想来想去，与其烂掉十个指头，不如忍痛砍掉一个指头也罢。于是便狠狠心从药铺里买回二两砒霜，下到酒里，然后烧了几个好菜，让常有金吃上一顿，待常有金喝得烂醉时，连夜将他背进后山坡那片密密的树林里。

常老爹流着眼泪对常有金说："儿呀，不是做爹的心狠，实在是走投无路了才出此下策，就算是顺了你的心愿吧。儿呀，你就在这里躺上一宿，等天亮之后，爹来让你入土为安，你就原谅爹吧！"

常老爹放下儿子，一路走一路回头。可回到家里，他哪里又睡得着？坐了一夜，哭了一夜。

第二天一早，常老爹打开屋门一看，漫山遍野一片雪白，原来后半夜大雪纷飞，地上已经积起了厚厚一层雪。常老爹顾不上吃早饭，叫上常有金的弟弟，带上铁锹就直奔后山坡。可谁知爷俩赶到那里一看，惊呆了：常有金不但没死，反而光着身子鲜蹦活跳地在雪地上打滚。

原来，昨儿后半夜常有金醒过来的时候，砒霜的毒性正在他体内发作，他只觉得浑身奇痒难耐，心口火辣辣地像火烧一样，他脱光了衣服,拼命地浑身上下挠啊挠,没一会儿就将身子挠得鲜血淋漓。后来,他又觉得口干舌焦,便狠命抓地上的雪,大把大把往嘴里塞,大口大口往肚里吞。就这样,他吃一阵雪,在雪地上打一阵滚,接着又吃一阵雪,又在雪地上打一阵滚……一直折腾到大天亮还没停下。

常老爹心里琢磨:难道这就是人常说的"以毒攻毒",砒霜制服了麻风病?

常有金弟弟开心得扑上去紧紧抱住常有金,常老爹也激动得老泪纵横,拉着常有金的手就要回家:"儿呀,你命大呀! 大难不死,必有后福,快跟爹回家吧!"

可是常有金却摇头,说:"不,爹,我想在这里搭个窝棚住一阵,等病全好了再回去。"

常老爹一听,觉得这样也好,稳妥些,于是父子三个就一起动手,在树林里搭起个窝棚。当晚,常老爹又给常有金送来吃的、睡的等一应用品,常有金于是就独自在林子里住了下来。一直到第二年春天,常有金脱光的头发、眉毛都长出来了,一身脓疮留下的疤痕也全消褪得干干净净了,这才大模大样地回家。

消息很快又在村里传开,大家起初都不相信,后来几个胆壮的过来一看,见常有金脸色红润,身板结实,身上确实不见一处疤痕,这才不得不信。于是,这奇事儿立刻一传十、十传百地到处传扬开去……

消息传到城里一个财主的耳朵里,这财主姓曾,家里大小老婆四五个,却只生了一个儿子,还得了麻风病。为了治好宝贝儿子的病,财主到处求医,银钱花掉无数,可是治了三年,儿子的病也不见好转,所以现在听到这个消息,真好比死囚犯听到了大赦令。事关重大,财主立刻亲自带礼品登门,来常家打探虚实。

常老爹是个忠厚人,自然把前前后后的经过如实相告。财主一听喜出望外,回到家里依样画葫芦也让仆人去买来二两砒霜,下到酒里,烧了几个儿子最爱吃的菜,让他尽心吃喝,等喝到酩酊大醉时,便将他抬去树林……

当夜,财主在家里如坐针毡,心神不定,他的几个老婆也跪在菩萨面前,祈求神灵保佑。第二天天一亮,财主满怀希望地直奔树林而去,谁知到那里一看,他儿子蜷着个身子趴在地上,嘴里满是草根,早已断了气。

财主伤心得大哭一场,他想不通的是:同样的病,同样地治,为什么人家儿子好了,自己儿子却死了呢?

（牛同运）

（题图:张恩卫）

一根草棒救百命

　　黄河边上有座回龙山,山上有座明朝建的古刹,叫大钟寺。为什么叫大钟寺呢?

　　原来,黄河年年发大水,给两岸百姓带来了不尽的苦难,百姓们于是就按风水先生的指点,在回龙山上铸起了一口一万八千斤重的大钟,想用它来镇住九曲黄河。有了钟就得有敲钟的人啊,这就修起了一座小庙,招了四五个和尚。

　　也巧,那时万历皇帝还小,正由一代名相张居正执政,花大力气治理黄河。但当地的老百姓更愿意相信,黄河没再发大水,是因为大钟显的灵,于是就络绎不绝地来庙里烧香。庙里香火一盛,和尚就陆陆续续多了起来,连当时有名的高僧法济也被请到庙里来当住持。这一来,小庙名声越传越远,人们就把这座庙叫成了大钟寺。

后来，万历皇帝亲政了，听说大钟寺灵验无比，决定亲临视察。皇帝要来，那还得了，地方官立即搜刮钱财扩建庙宇。

法济虽是得道高僧，并不在意自己的生死荣辱，可还得为全寺上下百多个和尚着想呀，所以万历皇帝来大钟寺的这天，他分外小心地带着大小和尚们一起，早早地就做好了接待万历皇帝的准备，把禅房布置得非常幽雅，摆上桂花糖、云片糕之类的名茶细点，还派一个谨细的小和尚专门看管。

这个小和尚非常负责，尽管那些糖啊糕啊的香气一个劲儿地直往他鼻孔里钻，可他凭着坚强的禅定功夫，还能勉强把持住自己。但寺外那些野狗却没什么定力了，它们也不知道那是皇帝的御用之物，老是朝禅房里探头探脑地张望。小和尚见了，一开始还谨记佛祖教诲，口不出重言，可野狗们屡屡来探，他终于忍不住了，大喝一声："滚出去！"

可巧这时候万历皇帝山前殿后游览过后，在法济和尚陪同下到禅房来小憩，一只脚已经跨进门里，小和尚猛一句"滚出去"，万历皇帝勃然大怒："啊？你敢让我滚出去？来人，把他拉出去砍了！"

小和尚吓得赶紧跪倒磕头："万岁饶命！我不是骂您，是骂野狗呢。"

万历皇帝一听：嗬，你当我不知道？老百姓都骂我是狗皇帝呢。他更生气了："满门抄斩！"

一会儿，太监回报："启禀万岁，小和尚是个孤儿，满门也就他一个儿。"

万历皇帝怒道："笨蛋，他在这庙里住，满门和尚也是满门，全都杀了！"

手下人刚要领命而去，站在一边的法济和尚说了声："且慢。"

万历皇帝转头一看,这儿还有一个,又喝道:"对,把他也拉出去砍了!"

法济和尚说:"陛下让老僧死,老僧不敢偷生。只是我全寺僧人为接待陛下,有的下山挑水打柴,有的出外采买物品,一时召集不齐,不免麻烦。本寺大钟重达万斤,撞起来声闻十里,恳请陛下恩准,让贫僧用它来召集僧众,待大家排得齐齐整整的,再请陛下砍头示威。"

万历皇帝心眼儿挺多,听法济和尚这么说,他心想:你不会是用钟声示警,让那些和尚们逃跑吧?他让手下立刻去找个和尚核实一下,平时寺里是否用钟声召集僧众。

没一会儿,手下就回来禀报:"启禀万岁,小的找了几个和尚核实,确有撞钟集合之事。一下一下撞,是晨课;两下两下撞,是集合;乱撞一气,是报警。"

万历皇帝一听,乐得哈哈大笑:嘿,想和我玩花招?没门!若真要给这老家伙乱撞一气,到时候我砍谁的头去?

万历皇帝一得意,就突然来了兴致:"来呀,摆驾钟楼,朕要亲自撞钟去。法济,前头带路!"

法济和尚只好听命,在前面带路,引万历皇帝一行向钟楼走去。

走着走着,法济和尚突然弯腰从地上捡起一样东西,万历皇帝看见了,问他:"法济,捡的什么?呈来我看看。"

法济和尚双手一举,将手中之物呈了上去。万历皇帝一看,是一根小草棒,他好生奇怪:"你捡这东西干什么?"

法济和尚说:"启禀陛下,这是给您待会儿撞钟预备的御草棒。"

万历皇帝一听,不由大怒:"你这个老和尚,死到临头还敢戏弄朕?朕天纵英明,明鉴万里,难道不知道一口一万八千斤重的大钟,用一根小草棒是绝不可能撞响的吗?"

　　万历皇帝此话刚落音,法济和尚就"扑通"一声跪倒在地:"老僧万万不敢戏弄陛下!老僧也是今天才知道的。"

　　"你知道什么?"万历皇帝追问道。

　　法济和尚回答说:"既然老僧之徒一句不经意的话都能惹怒您万乘之尊,那么一根小草棒也应该能撞响万斤之钟啊!"

　　万历皇帝一听,顿时愣住了。他听出了法济和尚的弦外之音,默然良久,撂下一句话:"既然你说能撞响,那这钟就由你去撞吧,啥时撞响,啥时砍头。"话罢,转身就走,回京城去了。

　　有了万历皇帝这句话,法济和尚从此就成了一名职业撞钟师。不过,他从来没有用小草棒撞响过这口大钟,万历皇帝架在他们头上的刀也从来没有取消过。

　　这一来,大钟寺里的和尚陆陆续续地都跑了,久而久之,这里就成了一座空庙,大钟也哑了……

(张东兴)

(题图:黄全昌)

小金锤

　　明朝末年,苏北某地有位李姓大户,家有良田千顷,方圆数百里堪称首富。李太公中年丧妻,只有一个宝贝女儿,自然珍爱如掌上明珠。

　　这年,李家女儿一十八岁,上门提亲的人络绎不绝,李太公再三斟酌筛选,最后择定海州一户姓杨的人家。杨家世代书香门第,家境也很富裕,杨公子无论人品还是学识,在当地都数得上一流。李太公满心欢喜,经媒人通联,决定明年春上迎娶。

　　婚事既定,下一步就是准备嫁妆了。俗话说:"陪不尽闺女过不尽年。"李太公一方面对女儿疼爱心切,恨不能把世上最好的东西都作为嫁妆送给女儿;再一方面,他也想趁此机会在众人面前显示一下自己的实力。于是冥思苦想,日夜操心,每想起一件,就随手记下来。

这样日积月累,李太公记下的陪嫁物品竟达数百种,除了一般按当地常例陪嫁的"大八件"、"中八件"、"小八件"之外,他自己又想了许多,从穿戴之物一直到生活起居用品,房内的大小摆设等等,完全根据女儿喜好购置,甚至起床后用的铁梨木裹脚凳之类,其高低尺寸、款式造型,全部按女儿要求量身定做。就这样,李太公还觉得不够。

为了集思广益,这天,李太公特地请来各方亲朋好友,要大家帮着再出出主意,就怕漏了什么。可当大家见过李太公开列的陪嫁物品清单之后,他们一个个你看我、我看你,哪里还说得出话来? 他们凡是能想到的,这清单上都已经有了;至于清单上还有的那么多东西,他们根本不可能想到,哪户人家嫁个女儿会有这么丰厚齐备的嫁妆? 几辈子都用不完哪!

可李太公还是希望大家尽量再帮忙想想。

有位亲戚想了半天,终于想出个主意,对李太公说:"太公,你何不写个告示贴出去,向各方人士征求好主意呢?"

李太公一听,这倒是个好办法,高兴得不得了:"好好好,这办法好,就这么办。"

李太公于是就叫人写告示,在告示上说明事情原委,又把清单上已有的陪嫁物品一一列出,最后写明:凡再提出一件告示上没有的适用物品,赏银五十两。

这事儿立刻就在四乡八镇传开,五十两赏银实在太有吸引力了,所以大家都赶着来看告示,想碰碰运气,一时间,李家门前人头济济,简直比庙会还热闹。可那些人来时兴冲冲,等看完告示之后,一个个都像跑了气的皮球,垂头丧气地离去。为啥? 清单上的物品都这么齐全了,还能再想出什么来?

一晃半个月过去了,那张帖子没有人能揭下来。

这天,李太公正为此在家里闷闷不乐,忽然下人来报:"太公,有人要揭帖。"

李太公一听,喜得眉毛一挑老高,立刻来到大门口看。

只见众乡邻正围着一个讨饭的老婆子,李太公忙问:"谁要揭帖?"

下人指着讨饭老婆子说:"太公,就是她。"

一看要揭帖的竟是个讨饭的婆子,李太公的脸顿时沉了下来:"胡说!"

李太公很不高兴,老婆子脸上的神情却显得非常平静,她开口道:"是我,太公,是我要揭的帖。"

李太公不由一愣,这才注意地打量眼前这个白发苍苍的讨饭婆子,发现老婆子身材瘦小,背也有些驼,但苍白的面容里似乎透出几许清雅,浑身衣衫尽管打了许多补丁,却显得干净利落,就连胳膊上挎着的讨饭篮子,也清清爽爽。

李太公心里一惊,觉得这个讨饭婆子不同凡俗,便小心翼翼地问:"老人家,您是说,您能说出我这帖上没有的嫁妆?"

老婆子点点头,随即轻轻放下讨饭篮子,指指告示,对李太公说:"是啊,你为女儿开出的嫁妆可以说应有尽有,但有一件东西,你还是没有能想到啊!"

"什么东西?"李太公不由瞪大了眼睛,胡子也翘起来了。

"小金锤。"

"小金锤?什么小金锤?"李太公如堕云里雾中。

老婆子不慌不忙地说:"这是闺女家专门在闺房里砸核桃吃的时候用的。"

李太公越发糊涂了:"还有闺女砸核桃吃专门用的小金锤?我怎么从来没听说过?"

老婆子似乎没有注意到站在她面前的这位财主老爷脸上惊讶的神情,她微微眯缝着深凹的双眼,平静地讲述着,从小金锤的形状、尺寸,锤头和锤柄的重量、比例,直到锤头部分一头圆鼓、一头尖的用途,讲得仔细而又生动,把李太公和周围众乡邻都听呆了,感觉就好像是在听什么仙人国里的故事。

李太公不由惊讶道:"您……您是怎么知道有这号子稀奇东西的?"

老婆子的声音依然十分平静:"我以前的嫁妆里,就有它。"

此言一出,刚才还闹哄哄的人们,突然一下子安静下来,李太公也怔住了。他细细端详着眼前这个讨饭婆子,似乎悟出了什么,半天没有说话,伸手一把撕下告示,进了家门。

忽然,李太公想起应该兑现自己在告示上的承诺,于是就让家人去拿来五十两纹银,可是待追出去要赏给老婆子的时候,那老婆子却连看都没看这银子一眼,她弯腰提起篮子,挎上就走了。

望着老婆子渐渐远去的背影,李太公心里真是无限感慨。他长叹一声:"若不是她提醒,只怕终有一天,我女儿也会沦落到和她现在一样的境地啊!"

最后,女儿出嫁时,李太公为她办的是一份普普通通的嫁妆。

（殷熙文　搜集整理）

（题图:黄全昌）

无头英雄

那是清朝末年的事。

有个反清义士叫刘志广,率领队伍攻打省城西府屏障蒋家寨,打了几次都没有成功,心里烦躁得很。这天他走出兵营散心,时至麦收时节,有个壮汉正在麦场上拉着个大碌碡轧麦子,居然轻松得就像小孩在玩皮球,他看得眼睛一亮,立即将其招入营中。

刘志广果然慧眼识才,此人名叫张逢会,小时候曾得高人指点,武功极好,加上天生大力,又会动脑,所以神勇无比,到了营中,刘志广对他器重有加,什么事儿都爱和他商量。

这天两人沿河散步,只听"当当当"不远处传来寺庙的钟声,张逢会拉起刘志广就朝寺庙跑,说是去向庙里住持要口大钟,又附着刘志广的耳朵如此这般说了一番。

两人进得庙里,住持一听他们要大钟,非常为难:给吧,佛门净物岂容血腥沾染;不给吧,不助这两个壮士一臂之力,又于心不忍。思忖片刻,住持说:"这样吧,如果你们二位谁能将这口钟取下,并且绕大殿一圈,它就随你们处置。"

刘志广抬眼一掂量,这口钟少说也有三四百斤重,不要说一个人,就是三四个人也未必能拿得下来。他看看张逢会,无奈地摇摇头,谁知张逢会此时却抽出腰刀猛地朝悬挂大钟的粗绳挥去,只眨眼工夫,大钟就稳稳地顶在了他的头上。刘志广顿时又惊又喜,只见张逢会头顶大钟绕殿一圈,就这么把它从寺庙里顶了出来,刘志广跟在后面乐得咧嘴直笑。

回到营中,他们便依计行事。刘志广叫人在大钟上画满鬼神图案,又凿了几个出气口,然后便让张逢会钻进去,罩着这口钟摇摇晃晃地朝清军驻守的蒋家寨走去。

守寨门的清兵哪里搞得清这是什么东西,朝它发箭,箭被弹得老远,朝它开枪,枪弹崩得火星四溅,而这个古怪的东西依然摇摇晃晃地向他们走来。他们愣了半天,才突然想起应该马上向上报告,可此时这个古怪东西已经到寨门前了。

说时迟、那时快,张逢会突然从大钟下钻出来,大喊一声:"爷爷给你们送终来了!"举起大钟就向寨门砸去。早已率领队伍埋伏在四周的刘志广一看寨门被砸开,一声令下就指挥人马冲杀进了寨子。

蒋家寨终于被攻下来了,刘志广设庆功宴犒劳将士,又和张逢会结成了拜把子兄弟。他执意要把兵权让给张逢会,张逢会推辞不过,只好接受。之后,两人在蒋家寨招兵买马,养精蓄锐,然后一鼓作气,领兵攻下了省城西府。

繁华的西府重镇落到了义军手里,清政府自然不会善罢甘休,于是便派一位叫何家庆的将军率兵前来围剿。何家庆这个人鬼得很,他惧怕张逢会的神威,就把队伍驻扎在离西府六七十里外的沣峪口,这个地方地势险要,易守难攻。随后,何家庆又派自己的亲信何天卫乔装打扮混进西府城里,到张逢会那儿去毛遂自荐。

张逢会不知就里,一看有人来自荐,就出了道题考他:摸摸你的,揣揣我的,把我的放进你的里面。张逢会对何天卫说:"这是人们平时生活中的一个动作。猜对了,你就留在我身边;猜不出或者猜错了,那你哪里来还得回哪里去。"

张逢会一介武士,怎么也会这号文字游戏? 其实这不是他的发明,说起来这里有个小插曲。攻城之后,张逢会和刘志广去拜会西府首富周天祥,周天祥笑说要为义军捐献五千两银子,但有个条件,就是要他们在十天之内猜出一个谜语,谜面就是现在张逢会说的这个。周天祥从心里瞧不起义军,认为他们都是些草莽英雄,想借机会给他们一个下马威。

周天祥的这点心思张逢会不是看不出来,可是张逢会想利用周天祥在西府富豪人家中的地位和影响来为自己办事,所以就没有对他轻举妄动。回来后,张逢会召集手下识字弄墨之士猜了半天,谁知一个个都叫难猜。今天已经是第八天了,张逢会正窝了一肚子火发不出,见来了个毛遂自荐的,就把谜面甩给了他。

乔装混进西府的何天卫稍稍思索了一下,对张逢会说:"大人,这个动作不就是扣纽扣嘛!"

"扣纽扣?"在场的人一听,又一想,个个茅塞顿开,"对呀,真是扣纽扣呀!"张逢会连连拍手叫好,高兴得立刻就想去回复周天祥。

何天卫一听还有这么个前因,一把拉住张逢会道:"恕小人冒昧。"他先是附着张逢会的耳朵悄悄耳语一番,看张逢会乐得眉开眼笑的样子,便又要过一张纸,飞快地在上面写起来,写好后,交给张逢会。

张逢会拿着何天卫写的这张纸兴高采烈地跑到周天祥那里,报了谜底不说,还把手里的纸条朝他桌上一放:"我这里也有一个谜面,你不妨也猜猜,我可以给你一年的时间。"

周天祥一看,这纸条上写的是:一物生得怪,二十一个头,二十三个盖。周天祥平时嗜好制谜猜谜,可今天他看着这个谜面,就好像跌进迷宫找不着北,绞尽脑汁也猜不出它的谜底是什么。

三天后,周天祥让仆人抬着五千两银子亲自向张逢会谢罪来了。末了,他请教张逢会那谜底究竟是什么,张逢会说:"人!"

"人?"周天祥愣住了。

张逢会挺得意:"人的十个手指头,加上十个脚指头,再加上一个脑袋,不就是二十一个头? 那十个手指甲盖,加上十个脚趾甲盖,再加上两个膝盖,一个天灵盖,不就是二十三个盖吗?"

周天祥一听,佩服得五体投地,回去后自己又捐银子不说,还鼓动西府城里那些富户也捐钱出物。短短几天,义军光收到的白银就不下一百万两。

何天卫因此立了大功,很快就成了张逢会的军师,无论什么事,没有何天卫参与,张逢会就不放心。

这天,张逢会召何天卫议事,见他精神不振,一问,何天卫说昨夜梦见老母惦念自己,思母心切,不由悲从中来。张逢会便说:"我马上派人把你老母接来,如何?"

何天卫连连摇头:"老母身子虚弱,怕是经不起一路颠簸。"

"这可咋办?"张逢会急得直跺脚。

何天卫揉揉红红的眼睛,说:"请大人放心,我只是一时念起。我写封家信给老母,老母见了自会对儿子宽心。"说罢展纸提笔,"刷刷刷"写了起来。

写完后,何天卫把信递给张逢会,说:"斗胆请大人给家母写几句话吧,家母看了一定高兴。"

可是,张逢会没有接手。为啥,他不识字呀,看了也白看。不过张逢会的脑子转得飞快,马上说:"这样吧,我给你在这信上按个大印,你老母见印不就像见到我本人了么?"

何天卫一听,顿时兴奋得两眼放光。

其实,何天卫早就知道张逢会是个睁眼瞎,此刻他写的也不是什么家信,而是一道让刘志广领兵攻打沣峪口的军令。这是一个清军早已策划好了的阴谋,可是这一切张逢会都被蒙在鼓里。结果,按了大印的军令一到刘志广那里,刘志广二话不说,拉出队伍就向沣峪口进发,其结果自是不说也明。

发生了这么大的变故,可是张逢会竟毫无察觉,何天卫故意陪着他喝酒谈笑,直到把他灌倒在酒桌上打起了呼噜,何天卫"啪"恶狠狠地举起大刀,轻而易举地就把张逢会的头颅给砍了下来。随后,他迅速脱下外衣,把砍下的头颅一包,回他的清军营领赏去了。

张逢会成了无头英雄,刘志广也倒在了清军的刀下,消息传出,人们无不扼腕叹息。

(小 安)

(题图:黄全昌)

人活一口气

"人活一口气",这话是有来历的。

清朝末年,东北一个小县城里,有个叫王贵才的汉子,从小胆子就大,人称"王大胆"。王大胆二十岁那年,经人推荐进县衙做了名刽子手。这虽说不是什么好差事,但养家糊口不至于冻着饿着,所以王大胆干此营生,一干就是三十多年。

这一年正赶上同治爷驾崩,光绪爷即位,天下大赦,衙门里的事不多,王大胆常清闲在家,没事喝喝酒、遛遛鸟,和老伴拌几句嘴,日子倒也过得挺有滋有味。

这天,王大胆坐在自家小院的葫芦架下,正就着花生米喝酒,他老伴忽然慌慌张张地从门外跑进来,手里举着一封信,喊着:"老头子,老头子!"

王大胆端着酒盅眼都没眨,喝一口酒,沉着脸把酒盅放到桌上,说:"老太婆,嚷什么嚷,跟了我这么多年,胆子还这么小,什么事把你吓的?"

老伴眼睛有些发直,把信朝王大胆手里一塞,说:"你快看看!"

王大胆漫不经心地问:"咱家可好久没有信了,这是打哪儿来的呀?"

老伴指指信封:"信局送的,打盛京来,那上面,那上面……"

"那上面怎么了?"王大胆边说,眼睛边向信封上瞧去。这一瞧不打紧,向来胆大的他也不禁倒吸了一口凉气。

原来,这封信不是别人来的,是他小名叫元宝的外甥写来的。

元宝是王大胆的亲外甥,王大胆姐姐、姐夫死得早,王大胆自己又没儿女,所以元宝自小就养在他家,说起来和亲生儿子没什么区别。按说,亲外甥来信,王大胆该高兴才是,可王大胆却无论如何都高兴不起来。为啥?元宝早在五年前就已经死了,现在怎么会写信来呢?

这事要搁在别人身上早沉不住气了,可王大胆到底胆子大,只见他稳了稳神,没动声色,把信拆开来,从头到尾仔细看了一遍。

信上的意思大概是说:谢谢舅舅五年前的救命之恩,外甥如今已经在盛京城里落住了脚,并且娶了媳妇、生了儿子;听说皇帝驾崩,天下大赦,这才敢给舅舅写信,请舅舅去盛京家中坐坐,一来谢谢舅舅的救命之恩,二来多年不见,和舅舅叙叙亲情。

看完信,王大胆把元宝在信上说的话原封不动对老伴讲了一遍。

老伴战战兢兢地问他:"老头子,你看清楚那上面确是元宝的笔迹?"

王大胆点点头。

老伴于是就更加惊恐不安了："元宝不是五年前被你亲手斩了吗？杀头那天，还是我去给他收的尸。咱俩不是明明把他葬在城西山下，年年清明都去给他烧纸的吗？这不会是他从阴曹地府写来的吧？"

王大胆一拍桌子："胡扯，那信上明明说他现在娶了媳妇、生了儿子，怎么会是鬼呢？"

老伴犹豫了半天，忍不住问王大胆："老头子，那……是不是你当初没杀元宝，找了个替死鬼，偷着把元宝给放了？"

王大胆摇摇头，半天没吱声。

这个事情太过怪异，王大胆打算亲自跑趟盛京，亲眼去看看。动身那天，他担心老伴一个人在家害怕，便把她安排到邻居家，然后坐上了去盛京的马车。

那年月交通不发达，马车走得慢，就是百十里地也要走上一天，王大胆是后半夜上的车，算下来大概要第二天下午才能到盛京。车里算上他，一共坐了三个人，人家坐一路瞌睡一路，可王大胆却怎么也睡不着，始终在寻思元宝写来的这封信……

要说元宝这外甥，可算不上是什么好人，都怪王大胆两口子从小把他给娇惯坏了，长大后横行乡里，不务正业，后来又结识了几个地痞无赖，整日歪戴帽子反穿鞋，见人自称是大爷，简直成了当地一霸。五年前的那一天，元宝竟不但骗了人家的财，还杀了人家的人，被官府捉去判了个斩监候。

处斩前，王大胆去监狱看元宝，元宝跪在地上，痛哭流涕地求王大胆说："舅舅，你无论如何都要救我，我爸妈死得早，你就是我唯一的亲人了。"

王大胆何尝不想救元宝，可元宝现在杀了人，别说王大胆一个小小的刽子手，就算是县太爷，也救不了这小子啊！可是，经不住元宝一再哀求，王大胆只好对元宝说："外甥啊，舅舅告诉你一个办法,只要你听我的话,照我说的法子做,就一定能活命。"

元宝一听,赶紧给王大胆磕头,哭着说:"舅舅,我长这么大从没听过你的话,这次我一定听你的。"

王大胆重重叹了口气,告诉元宝说:"记住,处斩的时候,会是舅舅亲自动手,只要县太爷在台上喊'斩'字,我把刀举起来时,你就闭上眼睛用力向前跑。"

元宝哭着说:"可那时我全身上下都被绑着,怎么跑得了?"

王大胆说:"你别管,到时候你只要两眼一闭,心中想着跑,拼命向前跑,别回头,你就一定能跑得了。"

其实,这些话都是王大胆临时编出来哄元宝的。一个临刑的犯人,被绳子绑得牢牢的,四周围又有那么多衙役看着,他怎么跑得了? 王大胆只是想让元宝死得平静些,少些痛苦,才想出这么些话来安慰他……

一路上,王大胆就这么一直在想着元宝的事。

第二天下午,马车终于进了盛京城。下车后,王大胆按照元宝信封上的地址,费了好大工夫才找到元宝的家。那是位于城西的一间杂货铺,铺子里经营一些日常小百货,铺面不大,却整齐干净。

王大胆在铺子外面站了好半天,两条腿就像灌了铅一样重。多年来,他遇事还从来没有这般犹疑过,眼下这事太玄乎了,不能不让他仔细思量。

好半天,王大胆才一咬牙,跺跺脚,推开了杂货铺的门。

铺子里收拾得井井有条,柜台后坐着一个年轻的女人,手里抱着孩子,嘴里哼着曲儿。女人手里那孩子看模样也就二三岁的样子,一只手摇着拨浪鼓,一只手拿着小零食,正"咯咯咯"地笑着。

女人见来了客,急忙站起身来,笑着问:"先生想买点什么?"

王大胆四下一打量,没有看到元宝,便从怀里掏出那封信,说："我不买东西，我是来找个人的，是我的外甥，这是他捎给我的信，他大名叫张大宝，小名叫元宝。"

女人一听，顿时露出一脸喜色，说："您是舅公吧？我听大宝说过您，他正在后屋睡觉，您等一下，我叫他。"随后就朝后屋大声喊："大宝，大宝，舅舅来了，你快点起来吧，舅舅来了。"

随着女人这一声声喊，王大胆的心越跳越快。

不一会儿，从后屋出来一个人，边跑边喊："真的是舅舅来了吗？舅舅真的来了吗？"

王大胆抬眼向这人看去，不由惊呆了：他正是五年前被自己亲手斩了的外甥元宝。王大胆胆子再大，这时候也感到头皮发麻，身上的汗毛根根竖了起来。

元宝和五年前没有太大区别，只是脸色苍白，没有一丁点血色，走起路来也轻飘飘的，就像脚后面没跟一样。他一看到王大胆就大喊起来："舅舅，舅舅，这些年您可把外甥想坏了。"

他边喊边快步上来，要来拉王大胆的手。王大胆心中正在发毛，哪敢让元宝拉啊，慌忙退了几步，手指着元宝，半天没说出话来。

元宝一看王大胆这个样子，迟疑道："舅舅，您怎么了？您不认得外甥了吗？"

王大胆揉揉眼睛，借着窗子里透进来的阳光，仔细把元宝打量了一番，他发现元宝身后有影子，这才从心底松了口气。老人们都说鬼是没有影子的，既然元宝有影子，那就说明他不是鬼。

元宝把王大胆拉到后屋，吩咐媳妇去打酒买肉，还把铺子上了板，提早关了门。没多久，媳妇买回来酒肉，做好菜端上桌，王大胆和元宝爷俩便你一口、我一口地喝起来。

元宝频频给王大胆敬酒，王大胆不敢推辞，可他心里一直琢磨着，该怎么向元宝开口，总得弄清楚究竟是咋回事呀。

半斤酒下肚后，倒是元宝先提起话头来，说："舅舅，外甥当年不走正道，杀了人，被判死刑，是舅舅救的命，外甥才能活到今天。现在外甥已经学好了，再也不干违法的事了，这一切都是靠舅舅帮助，外甥才有今天哪！"

王大胆看着眼前这个和五年前完全不一样了的元宝，决定还是直截了当向他问明白的好，于是就借着酒劲儿开口道："外甥啊，你当年究竟是怎么从我刀下逃走，跑来这里的？"

谁知元宝听王大胆这么问，竟愣住了："舅舅，当年不是您告诉我说，行刑的时候，只要县太爷喊'斩'，您将刀举起来时，我就闭上眼睛拼命向前跑吗？我就是按您说的话做的呀，没想真的管用。当时，我连头都没敢回，一路跑下去，不知道跑了多远，才知道自己跑出了一条命。后来，我不敢回家，就到盛京做起了小买卖，一晃就是五年，娶妻生子，现在儿子都这么大了。"元宝说着，伸出手来，拍拍旁边正在炕上玩耍的孩子。

可王大胆听着元宝这话直摇头："这说不通啊，元宝！"他看了看元宝，又看了看正在灶房里忙着的女人，说："元宝，这事不对啊。"

元宝惊疑地问："不对？哪里不对啦？舅舅。"

王大胆说："元宝，我记得你当初根本没跑，我一刀下去，就把你的头砍了，血喷了一地。后来，是你舅母给你收的尸，我们就把你葬在城西的山脚下，每年清明节的时候，我和你舅母都去坟上给你烧纸呢！"

元宝的脸"唰"地变得惨白："舅舅，您是说，我当年根本就没跑？我已经被您砍头了？"

王大胆点点头："千真万确，当时周围有很多人，都看到的。"

谁知王大胆这话刚落音，元宝的身子就猛地颤抖起来，手里拿的酒盅也掉到了桌上。他指着王大胆大吼一声："怎么会这样？怎么会这样……舅舅，原来您一直都在骗我？"

元宝话一说完，整个人就倒在了地上，顷刻间化作一股浓浓的白气喷散开来,人不见了影,只剩下一套空衣衫。

王大胆愣住了,再去看炕上那玩耍的孩子,原本机灵可爱的孩子,这时也突然不见了,炕上只留下了一摊血。王大胆又惊又疑,顿时酒醒了大半,一双手扶着酒桌,直喘粗气。

女人从灶房里出来,看到眼前的景象竟没有任何慌张,只是哀伤地叹了口气,对王大胆说:"舅舅,当年您的一句话,本来已经救了他,现在又何必再提起呢? 他就是信了这句话,靠着这口气,才活到现在,您对他说了实话,反而害了他。还有我这可怜的孩子,他……他……"女人一边说一边流泪,别转身就奔出门去。

王大胆愣了愣,待追出门去看时,哪里还有女人的影子? 只有院墙上站着只黑猫,朝他"喵喵"叫了两声之后,就跃出了墙外……

王大胆连夜就离开了盛京,到家后大病了一场。病好后,他辞去了衙门里刽子手的差事,整天坐在小院里发呆。有人问他究竟去盛京一趟发生了什么事,他瞪大眼睛对人家说:"人活一口气,人活一口气啊!"

于是从此,再没人管王大胆叫王大胆了,而是改口叫他"一口气"。

（李　想）

（题图:谢　颖）

试心石

民国初年，有个叫陈静言的小伙子，携新婚妻子到苏州度蜜月，小两口被苏州美丽的园林风光深深吸引，决定就在这里定居下来。

但这对年轻人是刚刚毕业的大学生，经济上并不宽裕，要在苏州落脚，一时又没钱买房，怎么办？就只好先租间屋住下来再说。一连数日，小两口走街串巷看了不少待租房，不是嫌租金太贵，就是觉得周围环境太闹，看来看去都没有看中意。

这天，两人走到一座宅院前，妻子实在走不动了，两人于是就坐下歇歇。陈静言抬头打量，发现这宅院看上去气派不小，虽然院门上的朱红油漆脱落不少，宅院显得有些破败，但看得出这户人家曾经的富庶，这不禁让他心里感慨万分。

看着看着,陈静言突然发现,宅院门前正中的石阶上,横卧着一块大石头,他心里好生奇怪:这不是"石头挡道"吗?一般人家非常忌讳这个,是谁做下的缺德事呢?想到这里,他不由自主地就站起身来,走上去使劲儿把大石头挪开。

这一挪,陈静言看到石头下压着一张纸,上书"待租"二字。他心里觉得很奇怪:原来石头是主人自己放的。可这"待租"的纸条完全可以贴在院门上,主人为什么要搬来这么大一块石头压着它呢?

他心里又一动:这个地方倒是挺清静的,院落看上去这么破败,会不会租金比别地方便宜一些?他赶紧回身拉起妻子,小两口如此这般一商量,就叩响了斑驳的院门。

好一会儿,从院里传出一声问询和一阵咳嗽的声音,随着蹒跚的脚步声越来越近,院门终于打开了,出来一个老态龙钟的老头,睁着昏花的老眼看着他们。

陈静言赶紧施礼:"老伯,我们想进去看看,我们是租房的。"

"啊,那进来吧。"老头一听是租房的,就侧过身,把他们让进了院子。

院里很大,看上去满眼青绿,而且随着碎石小路往前延伸,显得越发开阔,凉亭、假山、水池,处处精巧美丽,错落有致,小两口立刻喜欢上了这个地方。

三人在正屋坐定,陈静言急不可待地问:"老伯,我们想租这房子,不知租金是多少?"

老头似乎没听陈静言说话,坐在那儿自顾自地嘟哝:"终于等到了,我也该回去了,家里人惦着呢!"

看老人浑浑噩噩的样子,陈静言以为他没听清自己的话,就又大声问:"老伯,这房子要多少租金?我们想租。"

老头"哦"了一声,点点头,说:"就给二十块吧。"

小两口一听:这么大一套房子,租金居然这么便宜?顿时又惊又喜,简直不敢相信自己的耳朵,他们当即付了半年的房租。

老人接过钱,数都没数,往兜里一揣,掏出一串钥匙交给陈静言,说:"这宅子就交给你们了,什么时候搬进来都可以啊!"

小两口一听,可兴奋了,决定第二天就搬过来,可谁知当他们第二天来时,偌大的宅院竟空无一人。他们想起老人昨天嘀咕过,家里人惦着他,一定是等不及他们来就自己回去了,所以也没在意,把房间彻底打扫了一遍,还把院子里的花草树木也修整了一番。

安顿下来后,陈静言便去附近学校找了一份差事,妻子一心打理家务,每天忙碌完了,小两口就在院子里散散步,聊聊天,小日子过得悠哉游哉。不过有时候,看着眼前这么大一个宅院,而老头却只收这么少的租金,小两口就对宅院主人充满了好奇:他们到底是一户什么样的人家呢?

这天课余,陈静言偶尔听同事们说起,才知道了关于这个宅院的一些传闻轶事。原来,宅院主人姓胡,家道非常殷实,但人丁不旺,只有一个儿子。胡家儿子生性儒雅,知书达理,尤其对园林建筑情有独钟,在研究了苏州许多大户人家的庭园以后,胡家儿子博采众长设计并督造了这座宅院,可惜他虽然才气横溢,却从小体质虚弱,为建宅院大耗心力,竟在院落建成之日病倒在了床上,三年后就撒手西去。胡家俩老伤心欲绝,安葬了唯一的儿子之后,他们就大门紧闭,谢绝一切亲友探望,再不与外界来往……

得知此番情由,陈静言心情十分沉重,回来后如此这般向妻子学说了一遍。两人不由猜测:如此数年,想必现在一定是两位老人迁出了这块伤心地,只留一个老管家看门……

小两口正谈论着,此时妻子突然感觉有什么东西掉在脸上,一摸,一看,是一只淡黄色的蚂蚁。可谁知陈静言竟脸色大变,抬头就朝梁柱上看。这一看,他更是大惊失色。

"怎么了?"妻子也跟着抬头看,这一看她差点没吐出来!原来,柱子上爬着许多蚂蚁。

陈静言惊恐地对妻子说:"这是白蚁!咱们明天一定得找人来治,否则,长则半年,短则数月,这宅院就完了,会被白蚁蛀垮。"

第二天,陈静言就去蚁行找专治白蚁的师傅。师傅过来一看,发现白蚁已经把整根梁柱都蛀空了。这事儿得赶快找房主说啊,可一时到哪里找房主呢?陈静言只好自己掏钱,请师傅把蛀空的梁柱换了,又上上下下把该撒的地方都用药撒了一遍。虽然花了许多钱,但想到这座宅院从此可以太平无事,小两口还是觉得欣慰。

可万万想不到,没过几天,陈静言发现房柱上又爬满了白蚁,他又惊又奇,赶紧又去找蚁行师傅。师傅看了也大为吃惊,撒了加倍的蚁药,但这次治理却也仅仅安宁了三天,三天过后,房柱上又爬满了一层密密麻麻的白蚁,蚁行师傅大感不解,便去把治蚁专家请了来。

专家到底经验丰富,一看就推定这座宅院里有蚁穴。果然,顺着蚁路找,师傅在院里一棵桑树下发现了一个特大的蚁穴,挖开之后,成千上万只受惊扰的白蚁纷纷从蚁穴里爬出来,但它们并不四处逃命,而是成群成群凶狠地噬咬师傅手里挖蚁穴的镐头。师傅急了,狠命向蚁群猛撒药,只一会儿工夫,地上就积了厚厚一层黏糊糊的蚁尸。

师傅接着又挖,把蚁穴彻底挖开后,手里的镐头突然像是碰到了异物,发出"嗡"的一声闷响,扒开看,下面竟是一口棺材。陈静言看得心惊肉跳,头皮阵阵发麻,怎么也没想到,这段日子自己和妻子竟一直在伴着这口棺材过日子。难怪租金这么便宜,他心里真是感慨万千。

陈静言心里一边想着,一边又斗胆朝那口棺材瞥了一眼,发现那棺材盖已经被白蚁噬得千疮百孔，师傅轻轻一掀，棺盖顿时就成了烂木渣，而棺材里躺着的，正是租屋给他们的那个老头。陈静言吓得差点没昏过去！

这宅院无论如何也住不下去了，小两口决定第二天就搬。

然而，他们最终却没有搬走。

这是怎么一回事？

就在当天夜里，陈静言做了一个奇怪的梦，梦见租屋给他们的那个老头邀他到正屋坐，劝他们不要离开此地。

老头说，他自己就是宅院主人，儿子死后不久，他老伴因伤心过度也不治身亡，他心中备觉凄苦，于是就替自己买了这口棺材，在院里选了入土之处，打算永远守护这座儿子用心血和生命换来的宅院。但万万没想到宅院里会出现蚁穴，看着白蚁慢慢吞噬宅院而自己又无能为力，他真是心急如焚。恰在这时，陈静言小两口来了，老头发现陈静言是一个有责任心的善良人，于是就决定把这座宅院交给他。

陈静言听得目瞪口呆，简直觉得不可思议："胡伯，那……您凭什么就选中我，说我是个有责任心的善良人呢？"

老人微微一笑，说："还记得宅院门前石阶上那块挡门的石头吗？它是块试心石啊！"说完，翩然而去。

奇怪的是，陈静言妻子这晚也做了一个和陈静言完全相同的梦。

第二天，小两口不约而同地互相把梦里的事儿一说，都惊讶不已，也不管它到底是真是假了，他们决定遵从胡伯所托，继续在宅院里住下去。

小两口从此对这座宅院精心治理，彻底清除白蚁，时时处处细心维护。据说，宅院至今仍保存完好……

（常育晶）

（题图：黄全昌）

意外的收获

　　二十世纪三十年代,日本人强占了东北,到处烧杀抢掠,无恶不作,老百姓简直没法活。桦树皮屯的猎户张夯不得不与乡亲们逃进深山沟,靠打猎得些兽肉兽皮,勉强度日。

　　一天,张夯进山打猎,由于山外枪炮声不断,动物们都吓得跑到林子深处去了,张夯转了大半天,硬是一只野兽也没见着,只好硬着头皮再往阴森森的老林子里钻。

　　就在这时候,猛地一只大棕熊出现在他眼前,胖乎乎的身子像小山一样。张夯还从来没见过这么大个儿的黑瞎子,情急之下只好向旁边一棵红松跑去,没几下就爬上了树。

　　张夯屁股还没在树上坐稳,林中又传来一声惊天动地的长啸,张夯一看,树后突然闪出一只黄斑猛虎,朝黑瞎子逼过来,黑瞎子喘着粗气,冲那山大王一个劲儿地怒号。

张夯知道,一般情况下山大王是不惹黑瞎子的,可能今天是饿极了,所以顾不得以往规矩,一个饿虎扑食跃起老高,就朝黑瞎子压了下去。那黑瞎子仗着自己块头大,只是摇晃了一下,就又戆头戆脑地站在那里。

山大王一看,转身又扑了上来,排山倒海般的掀起一阵阴风。这回黑瞎子不干了,它"呼"地站起,照着山大王的腰挥掌就拍,山大王腰上顿时鲜血淋漓,疼得在地上直打滚。黑瞎子一看山大王原来也这么不经打呀,立刻神气无比,张开大嘴就扑上来,恨不得一口把它给吞了。

可山大王毕竟是山大王,虽一时难以站起,却也非任人宰割之物,只见它四爪乱舞,左躲右闪,黑瞎子咬了半天也无法下口,气得围着它乱转,不住声地长号。

突然,黑瞎子想出了个办法,它掉转身子,一屁股朝山大王身上坐下去,想把它活活压死。可惜,黑瞎子动作迟了一步,没等落座,屁股上反而被山大王的爪子狠狠挠了一下。黑瞎子痛得一下子跳出老远,嘴里"嗷嗷"乱叫,好半天才缓过气来,掉头便朝身边一棵红松树上爬。

惊心动魄的虎熊恶战,把躲在树上的张夯看得目瞪口呆,冷汗直冒,可眼下他没处跑,只有在心里暗暗祈祷,但愿这两个家伙再较量一番,来它个两败俱伤。

这时候,只见黑瞎子已经朝红松树上爬了七八米高,它歪头朝下一看,见山大王正躺在树下,一副浑然不觉的模样,黑瞎子也很鬼,于是突然松开爪子,将自己一千多斤重的身子朝山大王扑了下去。

张夯在树上看得真切,两眼一闭,感叹一声:完了,山大王一世英名,今天却要被黑瞎子砸成肉泥了。可待他再睁开眼睛一看,却发现眼前的情景完全不是他想象的那样:刚才还躺在地上的山大王早已跳到了一边,反倒是黑瞎子,"咚"的一声结结实实地摔在了地上。这家伙虽然皮厚,又有一层肥肉,但毕竟不是铁家伙,这么重重一摔,摔得它眼冒金花,半天不能动弹。

那山大王就在这个时候抓住良机猛扑过来,照准黑瞎子的月牙白毛肚子就是一口,当即扯下一大块皮肉,接着又双爪齐下一阵撕咬。顷刻间,四脚朝天的黑瞎子胸前出现了好几个血窟窿,鲜血喷了一地,它再也无力还击,只得挣扎着爬起来就逃。

此刻,山大王虎威毕现,一声气吞山河的长啸,扑过去就将黑瞎子压倒,张开血盆大口,用尖利的犬齿穿透了它的喉咙。一只重千余斤的庞然大物,竟就这样被山大王活活咬死了。

目睹这场眼花缭乱的搏斗,张夯真想对智勇双全的山大王说一声"好",不料耳边突然响起几声沉闷的枪声,刚才还得意洋洋的山大王,此刻却突然头部中弹,只挣扎了没几下就倒在地上一命呜呼了。

张夯简直像做梦一样,起先还以为是自己的枪走火,再一看,不对呀,忙向远处观瞧。只见几十米开外的草丛中,走出一个日本军官,他提着猎枪,显然是独个进山来狩猎的。那日本军官跑到死去了的山大王跟前,高兴得手舞足蹈,嘴里还"呜哩哇啦"地乱叫。

看着鬼子这得意的模样,想起他们在中国土地上犯下的种种罪孽,张夯不由怒从心头起,浑身热血涌,他毫不犹豫地端起猎枪,"砰"一声子弹就飞出了枪膛。那家伙还不知道是怎么回事呢,就去见了阎王。

这下,张夯的猎获可大了:山大王、黑瞎子,加上鬼子,还有鬼子身上的猎枪、手枪、子弹和东洋刀,真是满载而归啊!

(马文秋)

(题图:箭　中)

断了手指的国王

从前,印度有个国王,国王有个很能干的丞相,每当遇上什么事情,国王都会先请教丞相,听听他的意见。

有一天,国王准备外出,可是天上突然下起雨来,国王的出巡计划受阻,于是便问丞相:"这场大雨下得好不好?"

丞相说:"好! 大雨一过,街上干净整洁,空气清新宜人,国王您可以在雨过天晴的美好时刻里深入民间,巡视民情。"

国王听了很高兴。

有一次,国王要外出巡视时,天气突然又变得非常炎热,热得汗流浃背,国王便问丞相:"这样的大热天出门,好不好?"

丞相不假思索地说:"好! 这样的天气是近年来少有的,国王如果出巡,将能了解民众在这种炎热的天气下,到底在做些什么。"

国王觉得丞相的话很有道理，便高兴地出巡去了。

说起来，国王和他的丞相还有一个共同的嗜好，那就是打猎。每次去，国王都要丞相作陪，兴冲冲地去，高高兴兴地回来。

可这一次不对了，出发之前，国王要自己检查猎具，却不小心被截去一节拇指。他忧心忡忡地问丞相："我的拇指被截了一节，这好不好？"

丞相点点头说："好。"

国王一听很不高兴，认为丞相这是幸灾乐祸，没对他国王安好心，于是便下令将丞相关进牢房。随后又问他："你现在被关在这儿，好不好？"

谁知丞相竟毫不犹豫地点头说："好，很好。"

国王气坏了："既然说好，那你就一辈子呆在这里吧！"

国王把丞相关在牢里，可他很想出去打猎呀，碍于面子又不想放了丞相，于是就只好一个人独自骑马去。平时，因为有熟悉环境的丞相作陪，他们总是能满载而归，可这次惨了，国王不知道哪里有猎物，所以在林子里搜寻了很久，却连一根兽毛也没见到。

国王心里郁闷极了，这时候太阳已经下山，国王也累了，无可奈何之下，他只好回宫。可是在回宫的路上，国王却不小心掉进了陷阱里，那陷阱很深，他三番五次地爬呀爬，都爬不上来。

过了不知多少时候，国王听到地面上传来一阵脚步声，就拼命喊"救命"。那些人跑过来一看，发现陷阱里有人，就把他拉了上去。但是国王万万没料到，把他拉出陷阱的这几个人，是邻国食人族的土人。他们将国王带回部落，部落里立刻上下欢腾起来，大家围着国王又是唱又是跳。

没过一会儿，国王就被绑上了十字架，脚下堆着一堆木柴，火旺旺地燃着。国王心里害怕极了，知道自己这次难逃一死，吓得浑身颤抖.魂飞魄散。

吃人仪式开始了,食人族酋长命令大家坐下,巫师开始祭礼。巫师把清水喷在国王身上,然后检查国王身上各个部位,当检查到国王的手时,他惋惜得直摇头,嘴巴里发出一声长长的叹息,众人不知所以,都惊奇地看着他,巫师于是向酋长报告:"我们只吃完整的动物,而此人却是不祥之物,因为他手上的拇指断了一节,我们不能吃他。"

酋长闻言亲自上前查看,见果真如此,便下令释放国王。

国王劫后余生捡回一条命,非常兴奋,马不停蹄地赶回国都,直奔牢房去见丞相,抱着他号啕大哭:"现在我才知道为什么你说我断指是好事,它救了我的命。我错怪了你啊,反而把你关进牢里。"

可丞相却对国王说:"不,陛下,您把我关在牢里很好啊,我还得要好好谢谢您呢!"

国王大惑不解:"为什么?为什么你要谢我?"

丞相说:"陛下,您想想,如果您不把我关在牢里,我就一定会跟随您去打猎,那样,我们就会一起掉进陷阱,一起被食人族土人抓去。您可以因断指而保全性命,可是我呢? 却必死无疑。因为,我的手指很完整啊……"

（雷桢喜　搜集整理）

（**题图**:箭　中）

怪 诞 诡 奇

惊妙奇幻,险象丛生,映射出的却
是人世间的美丑善恶。

兄弟骑蛟

　　很久以前,有一对双胞胎兄弟,早半个时辰出娘胎的叫刘大,迟出的叫刘二。

　　刘大、刘二兄弟俩从小就死了爹,全靠娘一把屎、一把尿地将他们养大。等他们都长成虎背熊腰的壮汉时,他们的娘又愁死了:儿大要成家,可家里穷得丁当响,娶一个媳妇都得勒紧裤腰带,要给两个儿子都娶回媳妇,谈何容易? 所以,急得整天愁眉苦脸、唉声叹气。

　　娘的心事,做儿子的当然一清二楚。

　　刘大心里很明白:家境再不好,兄弟俩娶媳妇,照规矩总该是老大先娶。所以他干脆装糊涂,干活、吃饭、睡觉,啥也不提。

　　刘二当然也希望自己能早点娶媳妇,但想到刘大虽然只比自己早出世半个时辰,可哥哥终究是哥哥,应该让他先娶,所以就把自己的想法跟娘说了。

娘见刘二这么懂事,忍不住连连叹气:"儿呀,娘对不起你呀。唉,你们兄弟俩实实一般大,可娘还得让你再等上三五年才能娶,娘……娘心里不好受呀!"

刘二听娘这一说,心里酸酸的,连忙安慰道:"娘,你千万别这么想,别说三年五载,就是终身不娶,儿也心甘情愿。"

就这样,当年冬天,娘就先给刘大娶回了媳妇。大媳妇长得很俊,也很勤快,一年后就给刘家生了个大胖小子,娘心里可高兴了,从此就更勤俭地持家,更拼命地攒钱,想早点为刘二也娶回个媳妇来。

可娘这举动,却引起了刘大的不满。刘大心眼儿多,他觉得自己和媳妇两个人干活,本来小日子可以过得不错,可如今为了攒钱给兄弟娶媳妇,没一天能吃好穿好,这不太亏了吗?刘大想另立门户分开过,可又不敢跟娘说。

日子一天天就这么过去了,第二年春夏之交,一连下了几场大雨,村口那条原本快要干涸的大河因此水位猛涨,浑浑浊浊的河水呼啸而来,好不吓人。以往每逢发大水,村民们都会到河边去看热闹,一些身强力壮不怕死的,还会跳进水里去捞那些从上游漂下来的东西。不用说,刘大、刘二每回都没落下过,所以这次兄弟俩摩拳擦掌地也要去河边。

娘叮嘱兄弟俩说:"你们可得多加小心呀!"

刘大拍拍胸脯:"娘,放心吧,凭我们这水性,就是碰上条龙,也能把它擒上岸来。"

兄弟俩兴冲冲来到河边,抬头望去,只见远远地正好从上游漂下来一根大木头,兄弟俩顿时眼睛一亮:这家伙能派大用场呢!于是双双跳入水中,迎着大木头游过去,想把它弄上岸来。

可谁知,两人一个猛子扎到水下,待靠近大木头后一前一后骑上去一看,却大吃一惊:这哪里是木头,分明是蛟嘛。

原来这条河的上游有座大山,据说山上有个洞,洞里面住着许多蛟。蛟的模样乍看跟龙差不多,但成龙必须去大海,跳过龙门才行,而蛟平日是生活在河里的,因为河水浅,蛟去不了大海,只有等发大水了,才能顺水行动。蛟在行动时为了不让人认出它来,就特地变成木头样,以遮人耳目;它还特别恨有人骑它,认为这是看不起它,所以谁要是不小心骑上它身,那就必死无疑。在河里,哪个斗得过蛟?

所以,当刘大觉出胯下骑的是蛟时,忍不住惊叫了一声,顿时万念俱灰。他知道自己完了,老娘无足轻重,可舍不下姣妻爱子呀!他哭着叫着:"天哪,我那老婆、孩子该咋办呐……"

他正呼天抢地地哭喊着,只见那蛟猛地把头一甩,就把刘大甩进了水底。

刘二其实也害怕,眼见哥哥被蛟甩进水里,他担心要是自己也死了,那让含辛茹苦把我们养大的娘怎么活?他顿时悲从中来,仰天长号:"天啊,我们都死了,叫我们那苦命的娘咋办呐?"

也真是怪事,刘二这喊声刚落,就见他胯下的蛟身子猛一甩,刘二只觉得自己腾云驾雾般飞到了空中,接着又悠悠地落到坝堤边的草丛里,那草松松的、软软的,好半天,刘二回过神来,发现自己竟然没死,爬起来一走,筋骨也没伤,皮毛也没损,好端端一个大活人!刘二弄不明白了:自己和哥哥都骑在蛟上,为什么哥哥死了,自己却能活下来?

回到家里,娘听说刘大死了,好不伤心,后来听刘二说了骑蛟的经过,她怔了半天,重重地叹了一声,说:"儿呀,那蛟通人性啊!你心里有娘,蛟看得清清楚楚呀!"

刘二这才明白原委,从此,待娘更加孝顺了。

(凌可新)

(题图:魏忠善)

灵猴恩怨

寿州有一个老员外，膝下无儿，只有一个如花似玉的女儿，叫莲莲。

莲莲十八岁的这年春天，由两个丫环陪同去游春，不想玩罢回家，发现插在发髻上的一枚宝簪不见了。这宝簪是祖传之宝，能使头发乌黑发亮，而且不生白发，莲莲常年插在头上，十分珍爱，如今宝簪丢失，她心疼万分，又哭又叫，如同天塌了一般。

老两口向来把莲莲捧若掌上明珠，现在见爱女急成这样，就赶紧派人四下帮忙寻找。可是家丁们百般搜寻，就是不见宝簪踪影。

莲莲从此为此事得病卧床不起，老两口左劝右劝不济事，最后只好贴出告示，说是谁找到宝簪送到府上，赏银千两。

告示一出,想发财的立刻蜂拥而动。但十多天过去了,就是不见有人来领赏,老两口急得团团转。

这一天,有个叫贺九的来到寿州。贺九是个穷玩猴的,肩头上驮着一只猿猴,进村敲了半天锣,却没人来看,他有些奇怪,一打听,才知村里人都寻宝簪去了。贺九只好自认晦气,驮猴出了村。

来到村外,贺九觉得有些累,就坐在一棵大树下歇息,他肩头上驮着的那只猿猴趁主人休息,便爬到树上玩起来。贺九正眯着眼睛养神,突然听到"当啷"一声,睁眼一看,竟是一枚宝簪从树上掉下来。贺九见了分外高兴,驮起猿猴就直奔财主家领赏。

原来,那天莲莲去游春路过这里时,头发被树枝钩住过,后来回家发现宝簪没了,那些家丁沿路寻找时只注意地上,谁也没想到往树上看。现在猿猴爬在树上玩耍时晃动树枝,宝簪才掉下来被发现。

宝簪失而复得,莲莲自然惊喜万分,老两口急忙拿出银两,赏给贺九,又设宴款待。

没想宴席刚摆好,那猿猴见菜嘴馋,忍不住就跳上桌东抓西挠起来,弄得一桌酒席杯盘狼藉。贺九见了一时气恼,挥起一刀就结果了猴儿的性命,并亲自下厨剥皮剔肉,做了几个荤汤荤菜,说是给大家尝鲜。

吃猴肉的当儿,莲莲问贺九是如何得到宝簪的,贺九说了事情的前后经过,莲莲一听,当即放了筷子,泪流满面地说:"你真狠,万不该杀死恩猴的呀!"

贺九被莲莲这么一说,顿时也后悔起来,离开员外家之后就来到村外,把那张猴皮葬在了掉宝簪的那棵树下。

为了弥补心中的愧疚,贺九后来又掏钱买了一只猿猴。这只猿猴很有灵性,贺九渴了,它上树给他摘水果;贺九累了,它会用猴爪给贺九活动筋骨。

不久，贺九回到老家，用员外给他的赏钱买房买地，先是做生意，接着又开银庄，慢慢地成了当地富户。他整日里忙着打点自己的事情，同那只猿猴的关系就渐渐疏远了。

一日，贺九请客，不想刚摆好酒席，那猿猴趁他不防，跳到桌上先就大吃大喝起来，一桌酒席顷刻之间又被搞得杯盘狼藉。贺九一看可气恼了，拔出刀来就把这只猿猴杀了，又剥皮剔肉做了一顿美味佳肴，给大家品尝。

酒过三巡，一个家丁突然来对贺九说："老爷，门外有一女子，说是有一祖传宝簪，要卖给你。"

贺九大吃一惊，对客人道声"失陪"，就匆匆走到门外。一看，那女子衣衫褴褛，蓬头垢面，不过尽管如此，贺九还是一眼认出她就是莲莲。

想起自己的发家史，贺九忙把莲莲让进客厅，问她如何会沦落到这个地步。莲莲泪流满面，说是自从宝簪失而复得后，家中突然起了大火，父母身亡，自己无家可归，只得沿街乞讨。昨天来到此地，听说贺老爷就是当年玩猴的贺九，想起贺九为人豪爽，特来拜见。

贺九听了真是唏嘘不已，赶紧让下人腾出上房，让莲莲沐浴更衣。见莲莲重新梳妆后姿色依旧，贺九不禁心动，要纳莲莲为妾，莲莲走投无路，只得答应。

这一日，莲莲独自到后院散心，无意中抬头，猛然看到树上搭着一张猴皮，她仿佛一下子想起了什么，趁人不备，悄悄出了府门。

不见了莲莲，贺九焦急万分，派人到处寻找，却毫无踪影。他思莲莲心切，整日郁郁寡欢，最后竟卧床不起。

许多天以后，突然有一个老太婆来到贺府，亮出一枚宝簪，对贺九说："莲姑娘已出家在静虚观做了道姑，她让我用这簪子，来换下你家后院树上的那张猴皮。"

贺九一听,这才明白莲莲突然出走的原因。他痛恨自己劣根不改,在莲莲面前自己始终就是一个忘恩负义的小人,他恳求老太婆带他去见莲莲一面。

老太婆领着贺九来到静虚观,见到了莲莲。莲莲对贺九说:"当初我爹欺你是外地人,给你的银子是假的,是我看着不平,才偷偷给你换了真的。那猴子上桌闹事,是听到了我爹和我娘的对话,在为你抱不平呀!"说完,她就回入观中,再不露面。

贺九听了大惊,觉得自己欠猴儿太多,他越想心里越内疚,神情恍惚地回了家。

几天以后.一帮强盗深夜闯入贺家,将贺府里的银钱洗劫一空,贺九全家哭天号地,痛不欲生。贺九突然想起了莲莲说的话,联系到第二只猿猴闹酒席的事儿,便急忙报告官府。官府立刻挨个儿审查那日去贺家赴宴的宾客,果真查出了两个强盗内线。

贺九心里真是感慨万分,于是重新厚葬了第二只猿猴。不久,他肩上又驮起了一只猴儿,只是那猴儿有点儿呆,再不像前两只那样有灵性,但贺九对它却珍爱如命,一直养它到老死。

(孙方友)

(题图:俞耀庭)

刘家的狐狸

光绪二十五年,有一个山东人叫刘三,他在家乡得罪了官府,于是就拖家带口来到东北,在辽阳和本溪交界的林子里重新安了家。

这里重峦叠嶂,山清水秀,与世隔绝的深山老林里还有打不完的猎物,刘三天天早起晚睡,领着家人筑窑烧砖、开荒种地,一手好枪法也有了用武之地。

那年冬天,刘三在深山里转悠了三天,打到一只狐狸。可奇怪的是,打那家伙时,刘三枪声一响,天上就下起雪来,没一袋烟工夫,雪就下了二尺来深。看这光景是没法再打猎了,刘三只好回家。

第二天一大早,刘三听见狗在院子里狂叫,他赶紧起床,从屋里出来,喝住狗,打开院门一看,大吃一惊,只见地上蹲着两只小狐狸,一身淡黄色的毛,就像两只小绒球。

两个小家伙可怜巴巴地抬头看着刘三,像是在问他:"我妈呢?"

刘三不由一愣,马上想到自己昨天打死的那只狐狸,心中好不后悔:这下子可好,人家来问俺要妈了。他回进屋里,拿来两个大饼子,掰碎了,给小狐狸吃。

两只小狐狸大概是饿坏了,接过碎饼子立刻就低头吃起来。吃饱了肚子,它们又抬头朝刘三看看,然后晃了晃脑袋走了,只一会儿工夫就没了影子。

从此,说不上什么时候,这两只小狐狸就会在刘三家的大门前出现。当然了,刘家院里的那条狗是它们的天敌,所以每次小狐狸来了,狗一叫,刘三总要先拴住狗。

一转眼,几十年过去了,两只小狐狸长成了大狐狸,刘三也老了。

这天晚上,已经病倒在床上很久的刘三到了弥留之际,可一连守着他四五天的儿子刘连广,此时正好困倦过去,迷迷糊糊地睡着了。突然,一阵狗叫声把刘连广惊醒,他睁眼一看,这才发现爹不知什么时候已经闭上了眼睛。他心里这个悔呀,悔得揪心绞肠。

可是刘连广突然就觉得奇怪:狗怎么知道爹走了呢?赶紧冲到院子里,一看,那狗直对着院门龇牙咧嘴。他喝住狗,打开院门,不由愣住了:两只狐狸正在院门口蹲着,月光下,它们那两条长长的黑影一动不动。

这两只狐狸是来给我爹送行的?刘连广泪水忍不住掉了下来。他在心里痛骂自己:"我真浑哪!我怎么偏偏会在这个时候睡着?怎么不让我跟爹说句话?我连畜生都不如啊!"他一边哭,一边扬手往自己脸上抽……

　　一家人哭着把老爷子送进坟,回家路上,不知谁不经意间回头,猛然看见那两只狐狸正低着头,默哀似的蹲在刘三坟头上,大家顿时惊呆了。

　　从此,刘连广便给家里人立下一条规矩:山上的猎物,山鸡啊野兔啊甚至野猪啊,什么都可以猎,就是不能猎狐狸。而那两只狐狸呢,它们还和从前一样,时不时地来刘家,哪天只要院里的狗一叫,准就是它们在门外呢!

　　日复一日,年复一年,日子就这么过着。

　　后来,这两只狐狸有了它们的小狐狸。当这两只狐狸老了、死了的时候,它们的小狐狸早已经和刘家熟了,也三天两头地来刘家做客。再后来,当小狐狸也老了的时候,它们的儿女依然还是刘家的朋友,而且来刘家更勤了。

　　而刘连广呢,这时候自然也有了儿子,有了孙子。

　　刘连广的孙子叫刘庆伟,在城里工作,正谈着一个女朋友,叫莉莉。冬天腊月里的一个晚上,一场大雪铺天盖地,刘庆伟突然回老家来,说是来看看爹妈和爷爷奶奶,可他心里其实却打着自己的小主意:要打一只狐狸,回去给莉莉整一条狐皮围脖。

　　当晚,刘庆伟就把猎枪准备好了。第二天清早,院里的狗叫得很凶,刘庆伟知道是那两只狐狸来了,心里一乐,提起猎枪就走到院子里,然后悄悄攀上墙头,把枪口对准了它们。不过,这两只狐狸毕竟平时是刘家人的朋友啊,真要打死它们,刘庆伟心里也有些于心不忍,所以这时候他不禁有些犹豫。但只是片刻的工夫,一想到莉莉,他就又把枪口抬了起来,一咬牙,对准那两只狐狸就扣下了扳机。

　　可奇怪的是,刘庆伟手里的枪居然没响;再扣扳机,还是没响。刘庆伟慌了:莫非这两只狐狸成仙了不成?他顿时两腿一软,从墙头上滑落下来。一转身,看见爹妈和爷爷奶奶都在他身后站着,他的脸一下子变得惨白。

"真是作孽呀!"奶奶颤颤地叫了一声。

刘连广气咻咻地说:"你小子,原来真是回来打狐狸的?"

刘庆伟只好坦白:"我是想……想给莉莉弄条围脖……"

"哼,"刘连广说,"大下雪的天,还说是回来看我们?你肚子里那点花花心思,我早猜透了。告诉你吧,猎枪里那玩意儿昨晚就被我卸了。你别忘了我们刘家当年立下的规矩,否则我可饶不了你。你二叔家儿子庆奎要打这狐狸,差点没让你二叔给打死。不信你去问问庆奎,以后还敢打狐狸主意不?"

巧的是庆奎这时候听到动静正好过来,听刘连广这么说,他一个劲儿地朝刘庆伟点头,还调侃说:"哥,这俩狐狸在刘家,可要比咱俩金贵多了!"

庆奎这话,逗得一家人忍不住笑起来。庆奎爱怜地蹲下身子,轻轻抚着这两只狐狸,只见它们那一身毛黄中带黑,毛梢子从前是白色的,现在已经变红了,越发惹刘家人喜爱……

一晃又过了很多年,连刘庆伟的儿子刘记山也谈对象了。

刘记山的对象是一个叫小燕的姑娘,刘记山常向她讲起他们刘家和狐狸一家的故事。小燕是在城里长大的,一听大山里竟会有这般神奇的事情,就缠着刘记山说:"今年过年,你一定得带我到你老家去,我要亲眼看看它们。"

刘记山自然乐意,于是就天天盼着过年。

好不容易等来了这一天,刘记山提着大包小包,高高兴兴地带着小燕回到了老家。没料和太爷爷说到那两只狐狸,太爷爷却叹息着说:"唉,俩狐狸已经好多好多时候没来啦!听说现在那些狐狸的毛色都变了,变成黑黑的了,哪还像以前,那毛梢子都锃亮锃亮的,透着红光。唉,你们不知道哇,现在多少人都看上了狐狸的皮毛,惦记着要猎它们哪!"

听了太爷爷这番话,刘记山心头顿时涌上一股说不出的滋味。小燕因为看不到那两只神奇的狐狸,也感到很失落,那晚她甚至还在梦中见到了它们。

但是让刘家人没想到的是,第二天早上天刚亮,院里的狗就叫上了。莫非是那两只狐狸来了?一家人惊喜万分,兴奋得不约而同地都从床上跳了起来。

可谁知,他们还来不及走到院子里,就听外面"砰砰"突然响起了两声枪响。刘家人大惊失色,赶紧奔出院子,一看愣住了:两只狐狸双双倒在血泊之中。

朝狐狸开枪的,是庆奎的儿子刘记业。他笑嘻嘻地端着猎枪走进院子,嘴里还嚷嚷着:"中啦!中啦!这下我买车的钱就有啦!"

刘家人一听他这话,全都惊呆了;太爷爷身子晃了晃,差点跌倒……

刘记山扑上去,一把抱住狐狸,两眼直逼刘记业,大骂他道:"你这个忘恩负义的混蛋,你还是我们刘家的人吗?"

刘家人痛心疾首,一整个年都没有过好。

(墨　人)

(**题图**:俞耀庭)

楼兰惊魂

　　古教授是一位有名的动物学家,在北方一所大学执教。这天,他在给他的学生讲"生物与环境"一课时,说起了在戈壁楼兰进行科学考察时的一段经历。

　　那年夏季的一天,由五名队员组成的"楼兰古城生命考察队"从乌鲁木齐出发,年过五十的古教授是这支科考队的队长。古教授有着多年野外考察经验,另外四名队员都是他的老搭档,他们是汤教授、博士生小庞、留美回国的江涛,还有古教授的助手兼司机李纲。

　　科考队一行五人开车从乌鲁木齐出发,途经吐鲁番,从龙城、土垠进入罗布泊,再往前就到戈壁古城楼兰了。可是古教授他们的车沿着干涸的河道开到古城边上后,就再也不能继续往前了,因为前面出现了一道五米多深的断崖。于是五个人只好下车,在绳索的牵引下滑到沟底,然后步行进入古城。

古城内一片死寂,四周的墙垣大部分已经坍塌,只有千年烽火台依旧肃穆地矗立在那里。这里没有水,没有人迹,一切都静寂无声,显得苍凉而悲壮。

古教授没有多说什么,也无须多说,只一个眼神,大家就各自开始了工作。

没一会儿,博士生小庞突然惊叫一声:"有虫子!"

"哪里? 在哪里?"大家立刻向小庞靠拢过来,可是什么也没有看到。

汤教授怀疑:"看花眼了吧? 虫子在哪儿?"

小庞的语气十分肯定:"怎么可能看花眼?"他指着地上的一条裂缝,说,"我看到它爬进缝里去了。"

古教授看着裂缝没吱声,似乎若有所思。

既然小庞说得这么肯定,大家于是就回到车上去把铁铲拿了来,沿裂缝挖掘。可是挖了一尺又一尺,都挖地三尺了,却没有发现任何有虫子的迹象。

有人泄气了:"一定是小庞看花了眼,这种地方,生物几乎都绝迹了,怎么可能有虫子。"

可是小庞的口气依然十分肯定:"我不会看错。挖,再挖!要知道,我们这是在寻找世界新发现!"

小庞不肯停手,挥着手中的铁铲继续挖。他猛一铲下去,突然传出一阵"嗡嗡"声;再一铲,突然出现了一个大窟窿;把窟窿铲开,竟是一个墓穴,里面躺着一具骷髅,骷髅身上盖着草帘子,下面还垫了木条。

小庞把骷髅上的草帘子轻轻掀开,几只小东西突然从草帘子底下匆匆向四周爬开去。这一情景,五个人都看见了,而且一致确定这小东西就是蟋蟀。五个人兴奋异常,赶紧捕捉,然而这几只蝼蛄爬得实在太快,眨眼之间就消失在了墓穴四壁的裂缝里。

小庞不甘心,对准墓穴边上的一条裂缝又挖进去,挖着挖着,出现了一个小小的孔洞,沿着孔洞再挖,突然有只蝼蛄从孔洞里爬出来。古教授的助手李纲眼疾手快,用空罐头瓶一下把这只蝼蛄扣住,然后小心翼翼地将它装进罐头瓶里。

古教授一看,这只蝼蛄与刚才见到的那几只在形体上没有什么区别,但个头要大一倍以上。"继续挖,不要停手。"他一边吩咐,一边和大家一起挖。没一会儿,一个更大的孔洞就出现在了大家的眼前。

沿着这个碗口大的孔洞往里挖了没一会儿,只听"咔嚓"一声,然后有股怪味儿突然从洞里飘出来,大家一看,原来是古教授把一只像小老鼠那么大的蝼蛄铲成了两半。蝼蛄居然能长成这么大?大家惊讶不已。

但是接下来出现的情景,就让他们有些咋舌了:越往前挖,里面的洞穴越大,竟然像条地道,而且还有一只更大的蝼蛄堵在地道口,身子竟有半尺长、寸把宽,头上有个鲜亮的小红点。

大家正惊得目瞪口呆,这时,就见这只大蝼蛄突然就冲上来了,嘴巴里还喷出一股浓浓的液体。小庞正好站在最前面,蝼蛄嘴里喷出的液体溅到小庞眼睛里,小庞只觉得眼前一黑,痛得"妈呀"大叫起来。古教授身上也沾上了,立刻感到浑身上下像火烧一样疼痛。剩下的汤教授、江涛和李纲见情势危急,什么也顾不得了,一声大吼冲上去,用铁锨狠命将这只蝼蛄拍成了肉饼。

大家正要喘口气,不知谁喊了声:"看呀!"几个人回头一看,可怕的蝼蛄们正一只接一只地从洞里爬出来,向他们猛冲过来。"快撤!"古教授立刻指挥大家,"回车上去!"他让李纲扶着小庞跑,他带着汤教授和江涛断后。

　　眼看大大小小的蝼蛄越涌越多，很快将古教授、汤教授和江涛三人包围起来。"不要慌！"古教授冷静地嘱咐汤教授和江涛，指挥他们拼命用铁锨拍打冲上来的蝼蛄，终于杀出一条血路，来到断崖下。

　　可是，蝼蛄们却穷追不舍地跟着他们，古教授便带领汤教授和江涛抓住绳索迅速向崖上爬。可是才爬了没一会儿，绳索就断了，三个人被结结实实摔落在了崖下的蝼蛄群里。原来是蝼蛄们用铁锯一样的大钳子，把绳索给夹断了。

　　三个人被困在崖下，只好重新拿起铁锨与蝼蛄们搏斗。这时，蝼蛄们又采用了新的战术，它们沿着断崖向上爬，爬到半腰再猛跳到三个人身上，借着这股冲力向古教授他们撕咬。汤教授身上一下子就跳上了四五十只蝼蛄，被咬得都快支持不住了。

　　就在这严重危急的时刻，没想蝼蛄群里却突然起火了，蝼蛄们立刻乱了阵脚，纷纷四散逃窜。原来是已经爬上断崖的李纲把小庞扶上车后，把车上油罐里的汽油装了一瓶拿来，从崖上向蝼蛄群泼下来，然后又扔了一盒点燃的火柴。这一招果然有效，古教授和江涛趁机打死汤教授身上的那些蝼蛄，抓着李纲放下来的绳子，三个人先后爬上了断崖。

　　古教授是最后一个上车的，没想这时那些从火中逃生的蝼蛄又反扑上来，几只动作快的甚至已经爬上了车。"不管它，开车！"古教授一边命令李纲开车，一边带领大家先把车上那几只蝼蛄解决掉。

　　汽车在高低不平的沙石上行驶，车速很慢，李纲使出了浑身解数也不管用。更要命的是，车才开了没多久，李纲就发现这车怎么越开越开不动了？原来是那些可怕的蝼蛄，居然用铁钳般的牙齿把车轮胎给咬破了。

　　性命攸关的时候，古教授他们的车却抛锚了。"汽油，火！"古教授瞪着血红的眼睛，朝李纲大吼一声。李纲明白古教授的意思，马上果断地把一部分汽油泼在车周围，然后划火柴点着。这一来，车周围立刻形成一道火墙，蝼蛄们纷纷退却，趁此机会，李纲赶紧置换车轮胎。

蝼蛄们暂时没有再冲上来，古教授心里清楚，它们是在等待汽油燃尽，一定会再一次反扑。眼看车上储存的汽油越来越少，如果把所有汽油都泼出去，那么即使把蝼蛄全部烧死，没了车，他们也无法徒步走出这漫无边际的荒凉戈壁。现在情势虽然严重，但也必须留足返程的汽油啊！

这时候，古教授发现火势已经开始减弱，蝼蛄们又蠢蠢欲动起来，有的甚至还跳跃火墙而来，但它们的跳跃功夫很差，欲试者都葬身了火海。幸亏这时候，李纲把车轮胎换好了，于是车子重新发动起来！李纲大着胆子，开起车子就径直向蝼蛄群碾去，吓得那些蝼蛄又四散逃开去，车上几个一看，乐得拍手叫好。

这一来，李纲越发来了信心，他拼命转动方向盘，驾车对准那些可恶的蝼蛄左冲右碾。可不知怎么回事，就在汽车一个急拐弯的时候，车门突然被甩开了，坐在车门口的江涛被猛甩了出去。不过江涛还算机灵，身子刚一沾地，立刻一骨碌跳起来。但是就在他要往车上跑的时候，被蝼蛄们发现了，这些可恶的家伙于是就成群向江涛涌来，江涛的生命危在旦夕！

可谁知，蝼蛄们此刻的目标不是江涛，而是他旁边的一堆东西。古教授一看，发现那是江涛刚才被甩出车时一起带出去的，原本放在车座底下的那一大瓶水果罐头，瓶子已经被摔碎，果汁、果肉撒了一地。

古教授心里一个激灵，眼前一亮，立刻指挥车上人把所有能找到的吃的瓶瓶罐罐，除了留下极少一部分能让大家支撑到走出戈壁，其余的打开后全扔了出去。

这一招果然奏效，蝼蛄们争先恐后地全向这些食物扑去，而且还互相争夺，开始了自相残杀。江涛趁此机会回到车上，李纲驾车冲出蝼蛄们的重重追击,离开了可怕的楼兰古城。

回到乌鲁木齐后,科考队员们对车内遗留的蝼蛄尸体进行了处理,做成标本,进行解剖。他们惊奇地发现,蝼蛄腹内竟然有大量石灰岩粉末。难道蝼蛄们在荒凉的戈壁上是以这些坚硬的含碳化合物为食物的吗?它们是怎样消化这些无机物的呢?经过进一步研究,古教授他们发现,在蝼蛄腹内存活着一种硝化细菌,这种细菌能以无机含碳化合物为碳源,进行硝化反应,同时代谢出许多含有氨基酸的有机物,这些有机物就成了蝼蛄的生命能源。

在大量植物和动物包括人类都灭绝了的沙漠死城,蝼蛄竟然能以特殊的生存方式适应恶劣环境而活下来,这真是一个生命的奇迹呀!

听古教授讲这番近似"天方夜谈"的历险经历,学生们都非常吃惊,很长时间都没有作声……

(侯树河)

(**题图**:张恩卫)

神水传奇

天力燃具厂曾经非常红火,可是近年来经济效益却大幅度滑坡,今年夏天居然到了停产的地步,工人们都被迫回了家,只留下几个厂领导轮流值班。偌大一个厂,现在冷落得像个破庙。

这天,轮到副厂长朱荣标值班。天气特别热,办公室空调坏了没钱修,朱荣标块头大,到了中午,两只电扇开起来他还是汗流浃背,于是便搬了张躺椅到厂院老槐树下歇凉。这棵老槐树每年夏天枝繁叶茂,以往也是工人们休息的地方,如今就成了朱荣标的"避暑胜地"。

朱荣标躺在老槐树下,手里捧着平时最爱看的《聊斋》,阵阵微风吹过,真是好不惬意,他看着看着,不一会儿就两眼一闭迷糊过去了……

朱荣标做了个梦,梦见自己背着沉重的包裹,在烈日下奔得大汗淋漓,正感到口干舌焦、嗓子眼里冒烟的时候,见路边有家卖冷饮的小店,里面坐着个年轻漂亮的姑娘,就急忙走上去说:"来一瓶雪碧,要冰的。"

姑娘朝他看看,摇摇头。

他有点恼火,指着货架说:"那不是雪碧吗,为什么不卖?你怕我没钱是不是?"

姑娘说:"我知道你有钱,可你的钱来路不明,不干净。"

"什么?"朱荣标火了,"你……你胡说八道!"

"哼!"姑娘一点儿也不示弱,抢白他道,"你别以为我不知道!你叫朱荣标是不是?你干下的那些事情我知道得一清二楚,你那个厂就是被你们几条蛀虫蛀垮的,现在工人吃饭都成了问题,你还想喝雪碧?没门!"

被姑娘这么一说,朱荣标心里真是气啊,但又觉得奇怪:这女的是哪路人?再细一看,我的妈呀,女人竟变成了一只狐狸,一忽儿又变成了朱荣标家里养的那只八哥。朱荣标顿时又惊又慌:怪不得对我的底细知道得这么清楚!三十六计走为上,还是趁早走了的好。

朱荣标气呼呼地离开冷饮店,可是口渴得更凶,又找不到水喝,怎么办?就在这时,天上忽然下起雨来,朱荣标开心啊:这不是天助我也?他赶紧仰起头,张开大嘴,喝起雨水来。

正喝得痛快的时候,他突然从睡梦中醒了过来,睁开眼睛一看,四周静悄悄的啥也没有,太阳依旧在空中高高挂着,可是一抹嘴巴,倒是湿漉漉的。奇怪,没下雨,这水从何而来?

他正疑惑不解,"啪"一滴水落到了他的脸上,他恍然大悟:水是从老槐树上掉下来的,原来自己在梦里喝的就是这个水呀!哎呀呀,脏死了,脏死了!他赶紧把躺椅搬回办公室,再不敢在树下睡了。

这天下午倒也相安无事,可到了晚上就不行了。他先是觉得肚子发胀,接着是"叽里咕噜"地响个不停,再接着就开始拉肚子了;拉过一阵,他又觉得口渴,便又一个劲地喝水;可一喝水肚子就不舒服,就又拉;拉到后半夜不得了,他坐在马桶上根本没法站起来。朱荣标气得大骂那棵老槐树:"哼,我非把你砍了不可!"

就这样整整折腾了一个通宵,直到天亮,朱荣标才上床睡觉。不过这一觉他睡得特别香,一直睡到下午,而且起来后周身上下有一种说不出来的舒服。他一摸自己的"啤酒肚",好家伙,一下子小了四圈还不止。

这下朱荣标乐了:过去工人说我的肚子是"腐败肚",是用他们的血汗喂肥的,现在好了,变成了"廉洁肚",谁还敢再说我腐败?看来昨晚吃这一夜苦值啊!嘿嘿,他甚至想去给老槐树磕上三个响头,好好谢谢它。

为了进一步验证老槐树上滴下来的到底是不是神水,朱荣标决定让自己老婆去试试。朱荣标的老婆比朱荣标小两岁,但块头比朱荣标还大,为了减肥,什么办法都试过,就是不见效。现在朱荣标能如此神速地减肥,老婆自然乐意去试试。

谁知这一试,老婆苦头吃大了,居然拉了三天三夜肚子,最后两眼翻白,躺在床上连话都不会说,只得送医院救治。但是老婆的试验效果却也非常显著,从医院出来竟变成了苗条淑女,她高兴得抱着丈夫高呼"万岁",那激动场面简直无法形容。

这一来,"树上有神水,神水能减肥"的消息,就像风一样地传开,很快家喻户晓,天力燃具厂顿时名声大振,大车、小车一辆辆地往厂里开,有想来取神水回去减肥的,有想来对神水现象进行考察研究的,也有想来商谈投资开发神水的,再加上那些看热闹的,把个冷冷清清的燃具厂搞得比农贸市场还热闹。

于是,厂里几个头头急得自己在厂门口站岗,就怕神水被窃。他们虽然忙得晕头转向,可一个个全眉开眼笑:这下厂里不发也得发了!"天力""天力",天助一臂之力,以后还怕什么?

　　足足闹了一个星期之后,谁料这天中午突然变了天,乌云密布,电闪雷鸣,只听"啪啦啦"一声巨响,一道闪电将老槐树劈倒在了地上。几个头头急得赶紧去看。啧啧,什么神水呀,原来老槐树上有个老大的窟窿,里面灌满了雨水,近来不知怎么裂开了一道细细的缝,水便沿着这缝渗出来,然后往下滴。再看那树窟窿里,尽是些虫子窝、麻雀屎、死老鼠等等,浸过这些乱七八糟东西的水从树上掉下来,人喝了能不拉肚子? 狂拉肚子,还能不"减肥"?

　　真相大白,人们如梦初醒。这一来,天力厂比以前更冷落了……

　　　　　　　　　　　　　　(王　锐、秦　青)

　　　　　　　　　　　　　　(题图:魏忠善)

血染的梦幻

陈渭南是高三数学老师,尽管教学水平出众,可让他十分懊恼的是,自己正上高三的儿子陈平,学习成绩却一直是中等水平,尤其是数学,成绩更差,完全是一副不开窍的混沌模样。

一个星期天的晚上,陈渭南在学校给学生加课,回到家里已经很晚了,看到陈平房间里灯火通明,他心中不由一喜,以为陈平在钻研他前一天布置的数学题。可谁知他轻手轻脚推开房门进去一看,却顿时火冒三丈,只见陈平两眼放光,正用画笔在纸上挥洒自如。

陈渭南气得大吼:"你太让我失望了!"他伸手抢过画纸,将它撕了个粉碎。

正沉浸在绘画乐趣中的陈平,被陈渭南这冷不防的举动吓坏了,缩在一边,哀求说:"爸,你不能撕我的画,它……它是我最喜欢的东西,我就爱画画,你就让我画吧?我会成功的……"

见儿子如此执迷不悟,陈渭南再次吼起来:"绘画能有出息吗?靠绘画能考上名牌大学吗?你是我的儿子,我的儿子就一定要考上名牌大学,否则……"

望着气歪了脸的父亲,陈平心底一片茫然,只觉得有股彻骨的寒意充斥着全身,他不由自主地想起了自己白天得到的那本羊皮书《古今异术》。

原来,前一天陈渭南给陈平布置了几道数学题,要求陈平这个星期天一定要完成,可陈平只做了一会儿就觉得头痛欲裂。本来他只想站起来稍稍休息一会,可最后没忍住,拿起画笔和画板就出门奔后山去了。后山是陈平打小玩耍的乐园,山上的草木石头都是他的朋友,也是他笔下的精灵。

他在后山待了很久,画呀画,画得非常快乐。可是,突然间他想起了那些难解的数学题,心里顿时就像横亘了一道难以逾越的大山,他不知道怎么来排解心中的郁闷,于是随手捡起地上的一块块石头,接连往山涧溪水里砸。

就这样,陈平漫无目的地一块块砸着石头,当又拿起一块石头要砸的时候,他突然觉得有点不对劲,定睛一看,这是一块四四方方、黑如焦炭的怪石,感觉也有点沉,再一细看,放这块怪石的地方是一个凹洞,里面有一个平平展展的油布包。

打开油布包,里面竟是一本羊皮书,看上去年代似乎相当久远,封皮上有四个黑体大字:古今异术。陈平觉得好奇怪:为什么要把书放在这儿呢?他好奇地将书打开一看,发现里面记载着许许多多不可思议的巫术,其中有一页特别引起陈平的注意。那一页的标题是"痴心说梦",写的是:无论想达成什么心愿,只要按以下方法去做,无不心想事成……

陈平顿时欣喜若狂起来:这样自己不是既可以学绘画又可

以读好书了吗？可当他看完这一页的全部内容，神情又立刻黯淡下去。他深深地叹了口气，把书放进了自己的包里。

不知怎么，此刻被陈渭南一呵斥，陈平想起了这本书，他抬起头，壮胆问陈渭南："爸，假如让你在儿子和名牌大学之间选一样，你选什么？"

陈渭南正在气头上，斩钉截铁地回答："我要名牌大学！一个不争气的儿子，不要也罢。"

陈平一听陈渭南这话，脸立刻变得像纸一样白，半晌，他抬起头，满眼含着泪，说："爸，我答应你，我以后一定会好好学习，而且一定会考上名牌大学。"

第二天，陈平果真就像变了个人似的，对学习表现出了从未有过的浓厚兴趣，他拼命地钻研，做作业一丝不苟，学习成绩也随之直线上升。没过多久，各科老师都来对陈渭南说："陈老师，到底是名师出高徒啊，甭看你家陈平过去松松垮垮的，现在一到关键时候，就是不一样。你真有两下子，佩服！佩服！"

陈渭南见陈平有这么大的变化，心里自然是像喝了蜜样地甜，可他又隐隐觉得陈平的开窍来得太突然，多年的教学实践不敢让他轻易相信这个神话般的事实。莫非儿子在作弊？他悄悄向各科老师打听，老师们都摇头，还说很多时候，一道题只有陈平一个人做出来，作弊之说从何谈起？陈渭南这下才松了口气，心里自然开心得不得了。

可时间一长，陈渭南发现了一个问题：儿子的脸色一天比一天苍白，原来瘦弱的身体现在更是弱不禁风。陈渭南毕竟是父亲，心疼地劝陈平说："儿子，你有这么大的进步，爸高兴，可也不能太用功，若是把身体搞坏，就得不偿失了。"

陈平听陈渭南这么说，眼前不觉一亮："爸，那……你是收回你的话了？你是说，我应该把身体放在第一位，我不是一定得考上名牌大学，是吗？否则，因为留给我的时间已经不多了，我就只有拼命地用功,直到……"陈平说到这里突然打住了,眼眶里滚动着泪珠,似有什么难言之隐。

陈渭南看着陈平,虽然心里很疼,可还是坚决地摇头:"儿子,爸决不收回说过的话,爸决不能容忍爸的儿子考不上名牌大学。你放心,这段时间爸会特别注意给你加强营养的。"

陈平一听,眼眸子马上就黯淡下来。

这一年的高考终于在令人窒息的气氛中结束了,陈平在考完后的第二天就病倒了,而且病得不轻,双眼深陷,面容枯槁,脸色苍白得简直就像是一张透明的薄纸。陈渭南心疼得心都像被掏空了似的,他带着陈平到各大医院去看,可医生给他的答复都是摇头,说:"你儿子现在的情况不是很好,身体很虚弱,但究竟是什么原因,暂时还检查不出来。"

回到家里,陈平静静地躺在床上,他什么也不说,眼睛一直望着门口,似乎在等待着什么。伤心欲绝的陈渭南对他说:"儿子,你是不是在等大学录取通知书?你放心,凭你的成绩,一定会考上的。开学了,爸爸送你去上大学,好不好?"

陈平却轻轻地摇头。

陈渭南想了想,又说:"什么大学录取通知书,我们不稀罕,考不上又怎么样?条条大路通罗马嘛!儿子,是不是?"

谁知陈平听了陈渭南这话,两只眼睛突然猛地一亮,但这亮光就像流星一样一闪而过:"爸,你早点说这话,该有多好!"

这一天,陈渭南终于等来了他日盼夜想的儿子高考大学录取通知书,一看,欣喜若狂:是全国一流的名牌大学啊!他兴冲冲地拿着通知书奔去给陈平看,希望儿子能因此而振作起来。

谁知陈平却别过脸,依旧痴痴地睁着两只眼睛望着门口。

陈渭南不禁大惊:儿子到底在等什么啊?

这天,陈家的房门突然被"笃笃笃"地敲响了,昏睡中的陈平听到敲门声竟一下子睁开了眼睛,大声嚷道:"爸,来了!来了!"

　　谁来了？陈渭南疑惑地打开门,发现来的是邮递员。邮递员递上两封信,陈渭南接过一看,愣住了:是美术学院寄来的,其中一封还是录取通知书。这是怎么回事?

　　陈渭南把信交给陈平,陈平睁大眼睛一边看一边用手轻轻地抚摸。接着,他把另一封信也打了开来,只见里面是一张烫金的获奖证书,他的一幅画获得了全国大奖。

　　陈平告诉陈渭南说:"爸,对不起,有件事我一直瞒着你,我太喜欢画画了,所以忍不住画了一幅画参加比赛,不想竟然获奖了。还有,我还瞒着你报考美术学院,想不到也考上了。只是……只是……我现在上不了了……"说完,陈平永远闭上了眼睛。

　　一夜白头的陈渭南在收拾陈平遗物时,发现了陈平放在包里的那本《古今异术》,翻开一看,里面记载的全是一些匪夷所思的巫术,其中一页更是触目惊心,因为看得出,那一页曾被暗黑的血浸透过。不过此页的标题还清晰可见:痴心说梦。再看内容,写的是:只要按以下方法去做,无不心想事成。代价:用血液和体力交换……

　　顿时,陈平一夜开窍的智力、突飞猛进的成绩、鲜血凝固的巫术、憔悴枯槁的面容,都一一浮现在陈渭南眼前。他捶胸顿足,不住地质问自己:一定要儿子考上名牌大学,究竟是为了什么?是为了儿子,还是为了满足自己那可怜的自尊?他忍不住失声痛哭:"我不要什么名声,我只要儿子,是我害死了儿子啊……"

(梅　冰)

(题图:刘斌昆)

生态学家托尼率领一支由七人组成的考察团，深入到原始热带雨林去进行科学考察。

这天早上，队员们起床后正在林中一个小溪边洗漱，队员休斯博士无意中发现，在一棵荷叶状的野生真菌上，趴着一对他从来没见过的小动物。休斯博士十分惊喜：难道这是一种新物种？便仔细观察起来。

他发现，这种小动物形状像蛙，背部中央为鲜红色，其余地方则为绿色。休斯博士喜出望外地招呼大家："伙计们，我发现了新物种，你们快来看呀！"

大伙儿一听发现新物种，立即跑了过来。

休斯博士一边把这对双色小蛙抓在手里给大家看，一边笑着说："嘿，我要把它们命名为'血蛙'，'休斯血蛙'。嘻嘻！"

可他话音刚落，这对血蛙中的一只突然抬起头来，猛咬了他一口。

休斯惊叫起来："咳，还挺厉害呢！"他抓住这只血蛙，发现它细细的尾巴梢上有一个圆圆的球囊，不禁好奇地用手摸了摸。谁知"吱"一声，一股黑色的液体从球囊中喷出来，喷到了他的眼睛里。他顿时感觉两眼一黑，大叫一声："有毒！"疼得昏倒在了地上。

随队摄影师麦考莱一看，眼明手快地抄起地上一块石头就朝血蛙身上砸去。顷刻间，这只血蛙就被砸成了肉饼，另一只见状，吓得怪叫一声就逃，眨眼不见了踪影。

可谁知道，麦考莱这一砸闯下了大祸！只一会儿工夫，逃走的那只血蛙不知从哪里召来了它大大小小的兄弟，它们围着科考队员狂暴地吼着。

队员们一时竟不知所措，队长托尼也是第一次碰到这样的状况。倒是麦考莱还算沉得住气，他努力让自己镇定下来，然后对准血蛙果断地举起了相机。

麦考莱正"咔嚓咔嚓"连按着快门，突然，他的相机镜头里出现了一只趴在大树宽叶背面的血蛙，正虎视眈眈地瞪着他。麦考莱下意识地"咔嚓"一声把它拍了下来。谁知这只血蛙大概意识到自己被摄入了镜头，竟仰天长叫一声，众多血蛙仿佛听到命令似的，立刻都翘起尾巴，将那梢上球囊里的毒液向队员们喷来。

顿时，雨林中黑雾浓浓，大家赶紧用手护住眼睛，托尼见势不妙，立刻下令突围。队员们架起地上的休斯，跑了好长一段路，总算甩掉了追杀的血蛙。他们找了个平地方坐下来，准备好好歇歇，但麦考莱不愿就此罢休，他还想多抓拍一些有关血蛙的资料，于是便拿起相机，独自一人向雨林深处走去。

走了十几米远，麦考莱突然发现有一对赤红色的血蛙正在交配，这是多么难得的镜头哇，他激动地在一棵倒地的大树干后面蹲下来，悄悄地把镜头对准了它们。

可是，就在麦考莱按下快门的瞬间，一只脸盆那么大的巨蛙偷偷逼近过来，伸出长长的舌头，毫不犹豫地就把这对正在做爱的血蛙吞进了肚子，吞下之后，还得意洋洋地大吼了一声，其声响之大，犹如炸雷，麦考莱被吓得手一抖，"啪"相机掉在了地上。

此时此刻弄出声响，麦考莱心知不妙，他知道应该赶紧跑，但心里实在不甘心就这样丢掉相机，那里面已经储存了多少珍贵的科考资料呀，尤其是血蛙的照片。于是，趁巨蛙还没有回过神来的一刹那，他急忙去捡回相机，然后才转身向来的方向跑。

那巨蛙很快就清醒过来了，大吼一声，跟在麦考莱后面穷追不舍。可奇怪的是，虽然一路上它的吼声又召来几百只和它一样大的弟兄，它们从茂密的树丛中跳出来，纷纷加入了追赶麦考莱的队伍，但当气喘吁吁的麦考莱跑回同伴的休息地时，那些紧随其后的巨蛙并没有马上向科考队员发起进攻，而是将他们团团围住，或蹲或趴或坐或卧盯着他们。

科考队员们心里紧张起来，不知道接下来会发生什么事情，于是都警惕地静待事态发展。就在这个时候，他们发现在这些巨蛙背后，突然出现了一只瘦骨嶙峋的金色巨蛙，它的头和四肢相当大，与身体极不成比例，眼神冷漠，表情威严，俨然一副首领的气势。

金色巨蛙朝托尼和队员们瞪着眼睛，足足有三十来秒，然后发出一声低沉的吼声。队员们立刻意识到，它这是在向它的部下发号施令。果然，巨蛙们开始了行动，一步一步向队员们逼近上来。

当巨蛙距离科考队员只有一米距离的时候，金色巨蛙又一次发出了低吼，听到吼声的巨蛙们立刻张嘴喷出一股股黏稠的液体。雨点般的黏液落到队员们身上,虽然不痛不痒,但很快他们就出现了中毒症状,头昏脑涨,浑身乏力。

托尼脑子里闪过一个可怕的念头:难道它们就是传说中的食人巨蛙?他意识到,此时除了杀出一条血路突围,别无选择。

托尼冷静地对队员们说:"我们必须拼杀出去,否则只有死路一条!"他指挥大家利用身边一切可以利用的东西,匕首、树枝、木棍,一边朝巨蛙挥击,一边往包围圈外冲。

可是这些食人巨蛙像疯了一样,盯着科考队员们紧追不放,而且步骤极其明确:先是把休斯博士拉下,然后对剩下的六个队员分而追之。

几百只巨蛙发出了惊天动地的吼声,而托尼他们奔跑的速度则越来越慢。危情之中,托尼急中生智命令大家就地上树,当筋疲力尽的队员们互相拉扯着爬上大树,倚着树枝刚刚坐下,气势汹汹的巨蛙们也追到了树下。

巨蛙不会爬树,它们就拼命在下面朝树上的队员们喷黏液。但热带雨林的树都很大,它们没法把嘴里的黏液喷到那么高的地方,队员们终于可以在树上松口气了。

托尼于是就赶紧抓紧时间把摔坏了的移动电话修好,向总部报告他们遭遇的险情,总部当即决定派直升飞机来救援。

这时候,巨蛙们还在树下围着"呱呱"乱叫,队员们不禁猜疑:难道它们又是在商量什么?果然,片刻之后金色巨蛙就又发出了一声怪叫,那些巨蛙便开始一只一只叠罗汉来。

眼看巨蛙们叠起的罗汉离队员们越来越近,托尼心里猛一个激灵,想到了用"火攻"的对策。队员们此时已遍体鳞伤,但他们在托尼的指挥下,仍奋力折下周围的树枝,用打火机点燃后,向巨蛙们身上扔去。这一招灵验,火一起,巨蛙们就乱了阵脚,吓得四处逃窜,"罗汉塔"顷刻之间就塌了。

然而,托尼和他的队员们还没有来得及庆贺胜利,麦考莱又惊呼起来:"看,血蛙来了!"大家定睛朝下面一看,只见林子里出现了星星点点的火红色,越来越多,越来越近。

与巨蛙不同,血蛙擅长爬树,而且蹦得也高。从四面八方赶来的血蛙连爬带蹿,纷纷朝托尼他们树上攀来。而且令人恐怖的是,血蛙不怕火,哪里火大,它们还偏往哪里冲。陷入绝境的队员们,只得做好与血蛙作最后决战的准备。

就在这生死攸关的紧要关头,天上传来了直升飞机的"嗡嗡"声!

飞机在林子上空盘旋,机长通过高音喇叭,让托尼和他的队员用衣服捂住自己的眼睛和鼻子,然后向他们这片林子抛洒药粉,把血蛙和巨蛙驱散,然后立刻从飞机上垂下软梯,将队员们一个个接上去。

队员们上机后想起林中遇险的一幕幕,想起曾经朝夕相处而以后再也不能在一起的休斯博士,心里真是百感交集,竟抱在一起放声大哭起来……

托尼是最后一个上飞机的,临上软梯前他竟冒险下树,特意将几只已经被药粉熏死了的血蛙和巨蛙挂上自己的腰带,一起带上了飞机。回来后,他和队员们一起对这些血蛙和巨蛙进行解剖,这才知道,这些家伙并非是什么新物种,只是由于它们的生活环境被长期严重污染,青蛙又属于易变动物,有害毒素在蛙体内不断沉积,最终导致发生了可怕的变异。

结论出来之后,大家真是无限感慨:一旦大自然为人类所激怒,它就会把温顺的动物变成如此恶魔……

(彦　生)

(**题图:**箭　中)

斗怪争奇

不看不知道，看了吓一跳。那些珍禽异兽，竟也会出人意料地各显神通，博人一乐。

耍猴新节目

在繁华地段的一块街角空地上,这天来了个耍猴人,他耍的那只猴子看上去非常机灵,敲着一面锣满场子绕着走,没一会儿,那"哐哐哐"的锣声就替它主人招来很多看客。

耍猴人见看客聚多了,就朝大家拱拱手,说:"诸位,兄弟初来宝地,全靠各位朋友相助,今天就让小猴给大家耍一耍。"

说罢,他朝那猴打了个手势:"小猴,今天来捧场的人不少,你可要卖力点噢!"

那猴真乖,像是听懂了他话似的,马上一丢锣,在空中连翻两个跟头。

它刚一落地,耍猴人又命令道:"再来一个!"

那猴立刻又做了个后空翻连转体的高难度动作,然后跳上耍猴人的肩头,模仿跳水运动员的姿势,"腾"地朝前一扑,落地后又伸出一只猴爪,拿起地上的锣,开始了一连串的前滚翻、后滚翻动作。但不管是前滚翻还是后滚翻,那锣总是平平稳稳地被那猴端着,还不时朝看客们跟前伸。

大伙儿心知肚明:这猴是在讨钱哩! 可是,没有人掏腰包。

过了一会儿,耍猴人拿出只录音机往地上一放,一按键,那猴就又扭腰出胯跳起了"迪斯科",一边跳,一边还朝看客们挤眉弄眼。

大家看着乐得大笑,可还是没有人给钱。

耍猴人有点急眼了,朝那猴吼了一声:"你来个精彩的!"

可猴这会儿似乎是累了,盘腿坐在锣上,任凭耍猴人怎么好说歹说,就是不动。

耍猴人火了,抽出皮鞭就向猴抽去。就在鞭子快要落下时,谁知那猴却猛地一跳,跳到了一边,朝耍猴人瞪着眼,龇着牙。

耍猴人顿时恼羞成怒,于是就左一鞭、右一鞭地朝猴猛抽过去,可偏偏就是抽不到猴身上,而猴却反过来一把揪住耍猴人的皮鞭,和他在场上转开了圈。

看客们哪见过这样耍猴反被猴耍的? 一个个惊得目瞪口呆。

正在这时,那猴忽然冷不防一个撒手,把耍猴人摔了个四仰八叉,待耍猴人刚从地上爬起来,它又一步跳过来,揪住他的头发在场上乱转。耍猴人被猴揪得"嗷嗷"直叫,可猴不但将他越揪越紧,还腾出一只猴爪,端着那面锣朝看客们伸过来。

那耍猴人呢,此时尽管疼得龇牙咧嘴,嘴里却不迭声地叫着:"诸位,帮帮忙,帮帮忙!"

看客们被这场景看傻了眼,终于纷纷将颤抖的手伸进口袋,花花绿绿的钱票子一张一张被掏了出来……

(冯树良)

(题图:李 加)

老鼠邻居

　　三婶很早就成了寡妇，和八十多岁的婆婆相依为命。

　　有天清晨，三婶去赶早集，正好看到村里一个汉子捉住了一只有身孕的老鼠。那汉子对老鼠百般虐待，就是不让它死得痛快，母老鼠被他整得"唧唧"直叫。

　　三婶平时最讨厌老鼠了，可那一刻也许是母性使然吧，她不禁可怜起这只母老鼠来，而且发现母老鼠也正用凄楚的眼光看着她，似乎是在向她求救。三婶心里不禁"咯噔"一下，便开口求汉子放手。

　　那汉子瞥了三婶一眼，不知怎么竟然答应了，将这只一条腿已经被打瘸了的母老鼠给放了。母老鼠踮着条腿，一步三回头地望着三婶，走了。

事情过去之后，三婶就忙自家活儿去了。可没想第二天清晨，她被门口的响动惊醒了，开门一看，有只老鼠正在抓挠她家的大门。三婶吓得尖叫一声，顺手拿起扫把就向老鼠打去，谁知那老鼠躲也不躲，瞪着两只绿豆大的眼睛，看着三婶。

这一来，三婶反倒愣住了，定神一看，发现那老鼠是个瘸腿。她心里一惊：莫非这就是昨天那只母老鼠？三婶知道它有身孕，就不忍心再将手里的扫把打下去了，她去灶房拿来点剩馍，给母老鼠吃。

母老鼠见了馍没有狼吞虎咽，它极有风度地先嗅了嗅，然后才慢慢地、一点点地吃起来。吃饱后，母老鼠颠颠地去院墙边，三婶以为它要喝水，因为那里放着一只水盘子，是三婶给她养的一群鸡仔准备的。可母老鼠却挺懂事儿，绕过水盘，去把三婶泼在地上的洗脸水喝个精光，三婶心里有点感动。

母老鼠喝完水没有走，一直趴在三婶家的院墙下，三婶于是就不去赶它，吃饭时，撒些吃的在它面前。时间长了，三婶见母老鼠一直不走，就干脆让它在柴火垛里搭了个窝。

渐渐地，母老鼠的身体好了许多，不过那条腿是彻底瘸了。

又过了一阵，三婶突然觉得好像有几天没有看到母老鼠出来吃饭了，诧异了半天，想起它恐怕是当妈妈了。三婶觉得该为它做点好吃的呀，于是就把窝窝头掰碎，用香油拌上，放在它窝边。闻着这香味儿，母老鼠出来了，不过它依然极有风度地先将香窝窝嗅嗅，然后才开始细嚼慢咽。

又过了些日子，一天吃饭，母老鼠出来时阵势就大了，带着它的六个孩子！

当时的情景是，鸡仔们在这边吃食，三婶和婆婆在那边吃饭，而母老鼠则带着它刚生的六个孩子在另一边吃，彼此相处得就像多年的老邻居，显得十分和谐。

六只小老鼠很快就一天天长大了，它们在母老鼠的带领下很守规矩,从不踏进三婶和婆婆的房间门一步,从不咬三婶家里的任何家什,除了饿了出来吃饭,一直就规规矩矩地在窝里呆着。

就这样,过去了小半年。

这天,三婶忽然发现自己的一件棉袄被咬得不成样子;再后来,放米的袋子里出现了老鼠屎。她猜想这也许是那些不懂事的小老鼠干的,就没吭声。可没料接下来,这样的事情竟越来越多。

那天,三婶终于忍不住了,就在院子里大骂起这群老鼠来:"你们给我听着,再这样不规矩,就别呆在我家里,趁早给我滚出去!"

可任凭三婶怎么数落,鼠患反而越来越厉害,老鼠们竟整晚在三婶家里上蹿下跳,扰得她和婆婆根本无法入睡。三婶没想到母老鼠有了孩子以后会变得这么恩断义绝,真是气不打一处来。她现在和这些老鼠已经到了不共戴天的地步,根本就不想见到它们,除了对它们痛骂追打之外,还在家里到处下药放鼠夹。

可无论三婶使什么招,都没用,老鼠们一到晚上就猖狂作案,有时甚至嚣张到竟钻进三婶婆婆被窝里打闹的地步。

婆婆实在气坏了,颤颤巍巍地走到鼠窝旁,用拐杖指着洞口骂那只母老鼠:"你这个没良心的东西,现在有了一大家子,倒是祸害我们来了。说,你良心哪里去了?你也不想想,要不是我媳妇,哪有你今天?你们……你们欺负孤儿寡母算什么能耐……"婆婆边哭边骂,骂了足足一个时辰,还不解气。

想想老鼠们这回总该收敛一点了吧?可没料当天晚上,它们依然满屋子上蹿下跳,三婶真恨不得立刻去抓只猫来,统统把它们吃了。

这天夜里,三婶和婆婆几乎都没能合上眼,直到第二天凌晨

时候,才迷迷糊糊睡去

可就在这个时候,大门外一阵"窸窸窣窣"的声音,又把三婶和婆婆给吵醒了,两个女人起身去开门,一看,吓了一大跳。只见大门外,整整齐齐地排着六只老鼠的尸体,每只喉咙都被咬开了;而那只瘸腿母老鼠,则恭恭敬敬地伏在她们面前。

三婶和婆婆被老鼠们这阵势搞得莫名其妙,正愣神儿,忽然那母老鼠猛地抬起头来,飞快地将三条完好的腿一蹬,整个身子就直直地朝前面墙上撞去……婆婆活了这么多年,还是第一次知道,老鼠竟也会寻短见。

三婶这时候也傻了眼,看来,这六只死了的老鼠,就是母老鼠长大了的那六个孩子;好歹它们是知道对不起了,选了这条路,也算是通人性了。

三婶于是就去找了个纸箱,把死去了的老鼠们收殓了,埋在后院墙脚下。

当晚,三婶和婆婆早早地就上了床,母女俩觉得今天总该可以睡个好觉了吧。谁知这晚竟还是不得安宁,一整夜都是老鼠们上蹿下跳"唧唧"乱叫的声音。三婶和婆婆这才明白:自己错怪了母老鼠和它的孩子,这屋里还有一窝老鼠,是它们作的孽。

一想到冤死了的母老鼠一家,婆媳俩恨死自己了。第二天天一亮,她们就来到后院墙脚下,重新给母老鼠一家下葬。

婆婆说,这么重情重义的老鼠一家,得永远和它们做邻居。

（朱永军）

（**题图**:刘斌昆）

不要惹恼了猫

　　沈定是个普通的上班族,过着普通人的普通日子。平时,他最讨厌的动物就是猫,因为不知道哪家邻居养了一只馋嘴的猫,经常趁沈定不注意时偷他家的东西吃。

　　这天,沈定买了点酱牛肉。回到家里,他把酱牛肉往桌上一搁,进了趟厕所,哪知解完手出来,看见一只偷食的猫正用尖利的牙齿撕扯装酱牛肉的袋子。

　　那是一只黑色的猫,长得肥肥壮壮的,足有小狗那么大,毛色油光水滑,一看就知道是属于营养丰富的那类。沈定不由来了气,蹑手蹑脚地走上去,冷不防伸出两只手一把抓住黑猫,使劲地掐着。

　　黑猫发出惨烈的哀叫,伸出爪子在沈定的手臂上抓出一道道血印,沈定不由痛得缩回了手,黑猫趁机一溜烟地跑了。

沈定的手臂被黑猫抓得火烧般痛,老婆回来见丈夫手臂红红的,还有些发黑,怕是发炎了,忙让他去医院看看。到了医院,医生二话不说,给沈定包扎伤口,还开了一大堆药,还有狂犬疫苗、破伤风的针,一直打到沈定屁股疼得走不了路为止。

回到家里,沈定心里一直在盘算:怎样抓住那只该死的猫。

老婆看出他的心思,便劝道:"你和猫斗气干啥?猫这东西是有灵性的,你对它是好是坏,它心里全念着呢。"

老婆给沈定讲了一个故事。

有个小媳妇,刚刚死了丈夫,和公婆住在一起,因为公婆家里挺有钱,所以虽然丈夫没了,可小媳妇依然过着衣食无忧的日子,只是觉得生活很寂寞。

有一天晚上,小媳妇听见门外有猫在叫,便打开房门,果然看见门口有一只很小的猫,于是就收养了它。过了不久,有一天夜里,几个蒙面盗贼跳墙进来,把他们家里值钱的东西洗劫一空,见小媳妇长得漂亮,还想非礼,小媳妇拼命抵抗,头撞到墙上昏了过去,盗贼以为小媳妇死了,吓得立刻一哄而散。

第二天,小媳妇的家人报了官府,可是过了很久,都没有抓到盗贼。小媳妇呢,一直昏迷不醒,不吃不喝,可也不死,呼吸和心跳都很正常。人们都把注意力放在小媳妇身上,却没注意到她平时收养的那只猫,在这天夜里不见了踪影。

后来忽然有一天,和小媳妇同村的几个男人突然都暴毙而死,死得非常恐怖,像是被什么野兽挖了心似的。官府去他们家里一查,发现小媳妇丢的东西居然都在这几家藏着。原来,暴死的这几个就是那晚去小媳妇家抢劫的盗贼。

就在案子破了的那天,小媳妇收养的那只猫忽然跑了回来,在小媳妇的床前叫。没多久,小媳妇就醒过来了……

老婆给沈定讲这个故事,无非是想告诉沈定,猫是绝对有灵性的。可沈定却对老婆这番苦心不以为然。

当晚，沈定上厕所，忽然闻到一股香味，他觉得很奇怪，循着香味来到厨房，只见煤气灶上开着火，上面放着沈定用来煲汤的那只小口砂锅，里面煲的汤正"咕嘟咕嘟"地沸腾着。沈定掀开锅盖，一股香味扑鼻而来，他不由拿起汤勺从锅里舀了一勺子浓汤，"嘘嘘"地吹了两下，凑上去就喝，味道真好，于是拿着勺子再往锅里舀。这时，他感觉汤勺碰到了什么东西，一拨，一个圆圆的东西浮上来，他一看，是一个猫头，下面还连着光溜溜的身体，皮毛整个儿被剥了。沈定吓了一跳，突然就醒了，原来是一场噩梦。

醒来后，沈定感觉手臂很疼，揭开医生包扎的纱布，只见白天被猫抓过的伤口已经烂了，原本淡淡的颜色现在变得漆黑，沈定只好连夜再去医院。

医生一看，觉得很奇怪：这么多药下去，怎么伤口还会烂成这样？可又说不出个道理来，只好叮嘱沈定一定要按时按量打针吃药，马虎不得。

可尽管这样，沈定手臂上的伤口还是一天天烂下去，而且溃烂面积一天比一天大，伤口的颜色也越来越浓黑，中间地方甚至都能看见骨头了。沈定急了，一再换医院，却怎么也看不好。

沈定心情很烦躁，夜里在床上翻来覆去睡不着，好不容易刚睡着，又做了一个古怪的梦，梦见自己站在一条阴暗的老街上，街两边站着许多年轻女子，一个个都穿着艳丽性感的衣服，其中有一个穿黑色长裙的，长得特别俏丽。沈定知道这些是什么人，他忽然心里起了个念头：自己这辈子什么坏事也没做过，居然得了这么个治不好的怪病，既然这样，还不如快活一回。这样想着，他就走近了那个穿黑裙的女人。女人领沈定走进一个房间，沈定躺在床上，那女人躺到沈定身边，她熟练地解开自己的衣服，沈定看见她左边胸口竟然也烂了一块，就像自己手臂上那伤口一样,不禁吃了一惊。只见黑裙女人忽然拿出把刀来,指指自己溃烂的胸部,对沈定说:"这是被你抽的啊,你还记得吧?有人告诉我说,只要把你身上的皮割下来敷上,我这伤口就会好的。"女人说着,手里的刀就朝沈定胸口上落下来……

醒来时,沈定的胸口还在疼,他赶紧爬起来看,发现自己胸口上真有一道红印子,就像是一条刀疤,而原来这地方是好好儿的呀?他顿时就吓坏了。而且,打这以后,沈定手臂上的伤口越烂越大,已经能清晰地看到里面的白骨,还伴着浓浓的腥臭味儿。

沈定惊恐万分,不得不再去医院。

医生和护士看到沈定这个伤势,实在没法诊断这到底是什么怪病。这一来,沈定心里几近崩溃,他发疯似的冲出医院,漫无目的地在街上狂奔,想发泄心中的无奈和恐慌。

就在这时,他在一个街角看见有几个小孩子正围着一个老头,那老头衣衫褴褛,头发凌乱,还莫名其妙地嘻嘻哈哈笑着。沈定不由停下了脚步,摸摸口袋,还有些钱,于是到旁边小饭店买了两瓶老酒、一只鸡腿,还有一些下酒菜,走到老头对面席地而坐,请老头吃。老头也不客气,打开酒瓶,一气灌下半瓶酒,随后又伸手抓过鸡腿,大口大口嚼起来。

沈定自己却一点儿也吃不下,他看着老头吃,不由叹了口气,和他唠叨起自己手臂上的伤事来。老头撸起沈定的袖管一看,安慰说:"好办,伤口不算大,我教你一个方子,包你一夜就好。"

老头一边吃,一边告诉沈定,说早在古代就有传说,说是把许多毒虫放在一个器皿里,让它们互相吞食,最后剩下那些不死的虫,就叫"蛊"。蛊是很毒很毒的,估计那只猫就是中了蛊毒,中了蛊毒的猫,它的身体里有一种很小很小的毒虫,平时没事时和一般猫没什么区别,但是一旦受伤流血,它体内的那些毒虫就会蚕食它的身体。而且更可怕的是,这种猫若是抓了人,那些毒虫就会聚到人的伤口上大量繁衍,最终会使人的血肉之躯只剩下一副白森森的骨架。

沈定听着老头的话,看看自己身上这条已经腐烂的手臂,仿佛真看到了无数黑乎乎的小虫在吞食自己的血肉,他吓得连连打寒战。

但是老头却很轻松地看着沈定,笑笑说:"你也别太紧张,治这种蛊毒其实并不难,重要的是先要把猫身上的蛊毒治了;猫治好了,人也就能痊愈。"

老头掏出随身带着的一包药给沈定,告诉他,这药必须用人的血掺和,然后在猫的伤口上外敷一些,再给它内服一点。半小时后,再取一点猫血涂在自己伤口上,自然就好了。

这治伤的法子听着有点玄乎,但沈定仔细想想,还不就是先用自己的血掺着药治猫的伤,再用猫的血治自己的伤?可是沈定拿着老头给的这包药却犯了愁:那猫也不知道是谁家的,到哪找去啊?

老头仿佛知道沈定心思似的,没等他开口就告诉他说:"那猫现在受了伤,即使是谁家养的,也一定会被扔了,你晚上可以到野猫聚集的地方去看看。"说完,他用衣袖抹了抹嘴,站起来就走了。

晚上,按着老头的指点,沈定便去了垃圾场,那里的野猫果真不少,但就是没有他苦苦寻觅的那只黑猫。到了下半夜,沈定的眼睛已经睁不开了,这时,周围的猫忽然叫起来,沈定睁大眼睛一看,突然发现他要等待的那只黑猫出现在了眼前,看上去皮毛干枯,身体瘦弱,左胸上那一大块伤口,也几乎能看见里面的骨头了。

沈定对自己说:"快,沉住气,抓紧行动。"他拿出准备好了的小刀,在自己手臂上试了几次,想切个口子弄点血,可几次捏起刀,就是下不了手。眼看黑猫待了一会儿打算离开,他心里急了,咬着牙,把刀往手臂上狠狠一划,血立刻流了出来,一滴一滴滴进了他早已准备好了的一只小碗里。

那只黑猫看见血,眼睛顿时放出光来,它盯着沈定,一动不动。沈定拿出老头给他的药粉,倒在碗里,和血一起搅匀了,朝黑猫走过去。说来也奇怪了,黑猫此时竟老实极了,一动不动地让沈定把药敷在它伤口上,然后又把敷剩下的药舔着吃了。

等猫服下药后半小时,按那老头说的,该从猫身上取血了。沈定心里盘算着:我用刀割它什么部位好呢?头不能割,怕伤着它要害;腿不能割,怕影响它走路……沈定还没考虑好在黑猫身上哪个部位下手,那黑猫却突然异样地看了沈定一眼,转身跑了。

"唉呀!"眼看着黑猫眨眼就跑得没了踪影,沈定心里懊悔得要命,到哪再去找回它啊?

没办法,沈定只好没精打采地回家。这大半夜实在是折腾累了,所以沈定往床上一躺就睡着了。刚睡着,他又做了个梦,梦见上次那个穿黑裙的女人又来了,走到他床边,手里还拿着一把刀。他吓得胆战心惊,慌乱之中只好闭上眼睛,可等了好久也不见动静,更别说疼了。他悄悄睁开眼睛,一看,哪里还有黑裙女人,而床头柜上却放着一只小碗,碗里盛着黑猫的血。他顿时欣喜若狂,连忙端起碗来,小心翼翼地将碗里的猫血洒在自己伤口上……

这一觉,沈定一直睡到第二天太阳升起老高了才醒。醒来一看,他发现自己手臂上的伤口竟全好了,而且没留下一点疤痕。他惊呆了,傻傻地坐在那里,回想这几天的经历,就好像做梦似的。

从此,沈定再也不招惹猫狗动物了……

（麦　洁）

（题图:刘斌昆）

引熊出室

　　北大荒某部队有个炊事班,班长是个小个子,长得白白净净,文质彬彬,可偏偏起了个"王大力"的名字。不过王大力虽然力气不大,脑袋瓜子倒是挺灵的。

　　一天夜里,炊事班七个人,六个已进入了梦乡,唯独王大力因肚子不舒服,一直睡不着。时近半夜,他从炕上爬起来,开亮了灯去上厕所,可是回来时一看,不觉倒吸了一口凉气。你知道为啥?原来屋里来了一只熊。

　　这只熊说大不大,说小也不小,估计是才离开父母独闯江湖不久的无名之辈。它大概觉得屋子里那只亮闪闪的电灯泡很新鲜,便将身子直立起来,用前掌去拍它,左一下、右一下,拍得电灯泡在半空中晃来晃去,它觉得很有趣。

　　说起来也是巧,这几天炊事班正好跟着大部队野营拉练,今天刚回来,战士们累得精疲力竭,所以此刻个个睡得死沉死沉的,熊这么闹,那六个战士却谁也没醒,"呼哧呼哧"一个比一个呼噜打得起劲。

　　战士们照睡,可他们一阵响过一阵的呼噜声却把熊给惊动了,熊扭头一看,闹不清楚炕上那一字儿排开的六个脑袋是什么玩意儿,又觉得挺新鲜,于是便走过去,伸出前掌,像拍电灯泡一样,将睡在最靠前那个小张的脑袋,拨过来、拨过去地摆弄个不停,它似乎在研究:这滚圆的东西里是怎么发出声音来的?

　　熊这么拨弄,总算把小张给拨弄醒了。小张当然做梦也不会想到,半夜三更会有只熊来跟他闹着玩,还以为是睡在边上的刘胖子在跟他胡搅呢。小张不想理刘胖子,翻了个身,朝他甩甩手,说:"别开玩笑,睡觉,明天还得起早呐!"说完,就又睡了过去。

　　可小张突然开口说话,把熊给吓得连连倒退了几步,熊偏着脑袋,瞪起眼睛,愣在了那里。不一会儿,小张"呼哧呼哧"鼾声又起,身子却一动不动,熊见没什么动静呀,于是便又上去拨弄起小张的脑袋来。

　　小张又被弄醒了,这下他火了,一骨碌坐起来,举起拳头骂道:"真讨厌,看我不揍……"下面的话还没骂出口,他突然发现是一只熊站在跟前,顿时吓得"哧溜"退到了炕里边,心跳加快,血压升高,头皮发麻,手脚瘫软。

　　小张吓得半死,熊也不敢轻举妄动,隔着一座炕,他们就这样你瞧着我,我瞪着你。

　　怎么办?小张灵机一动,"啊"地一声叫,使劲一脚将睡在旁边的刘胖子踢醒。

　　刘胖子痛得跳起来又骂又叫,把另外四个人也吵醒了,大家睁眼一瞧,这才看清炕前站着的这只熊,个个惊得目瞪口呆。

就在这紧要关头,只听门外一声大吼:"大家别乱动,我来对付它。"

一听是班长王大力的声音,屋里几个战士心里镇定了不少。

原来刚才王大力发现熊进屋后,深知对付这家伙不能硬拼,脑子一转,便立刻到灶房去取了几样东西。他先将一个苞米饼子扔进屋里,熊闻出饼子香味,毫不客气地捡起来就往嘴里送,嚼得有滋有味。"啪!"王大力紧随着又甩进来一样东西,熊一看,乐了,是一条大马哈鱼。这玩意儿熊非常爱吃,一看好东西来了,伸出前掌就去抓。哪想大马哈鱼一蹦,蹦出去好一截,熊抓了个空,却反而更乐了。为啥? 鱼是活的嘛!

其实,熊判断错了,鱼是死的,只是王大力在鱼头上拴了根长长细细透明的尼龙绳,绳子另一头就抓在他自己手里,他轻轻一拉,鱼就跟着尼龙绳蹦。这下可热闹了,熊连连向鱼扑来,大有吃不到鱼绝不罢休的样子,可那鱼就是不停地蹦来跳去。

熊抓不到鱼,屡次扑空后终于被逗得怒火中烧。王大力也玩得满头大汗,他知道,这时候万一玩砸了,那就非出人命不可,于是使劲一拉,将大马哈鱼拉出了门外。熊正在气头上,哪肯轻易放过,一个虎跳扑了出来,抱住大马哈鱼就大啃起来,还边吃边哼哼,好像在说:"看你往哪里跑……"

趁狗熊正兴高采烈品尝美味的时候,王大力迅速冲进屋子,"咣当"一声将门关紧,还用一根大木棍顶上,然后"啪"把屋里的灯关了,对大家说:"睡觉,别出声,谁也不许说话。"

通常情况下,熊是不会主动进攻的,吃了鱼,它自个儿就乖乖地走了。

一场险情,就这样被缓解……

(承伟宇)

(题图:谭海彦)

编外员工

法国北部边陲有一片茫茫的原始森林,一条铁路打它边上过,每天早晚,有两列对开里昂的货车准时从这里经过。

离原始森林不远的地方,有个小车站,站上只有一个叫查理的老人看管。查理没家没室,一个人孤零零地在这儿工作,一干就是四十年。

这一天正是严冬时节,接连下了几场大雪。傍晚时分,查理送走了那两列对开的货车后,就走进了自己睡的小屋。屋子里,炉火生得旺旺的,炉上烤着的土豆散溢出一股诱人的香味,查理从壁柜里拿出酒瓶,给自己斟了满满一杯,然后舒舒服服地坐下来,抿一口酒,吃一口土豆,脸上是一副惬意的神情,也不管屋子外面呼啸的狂风。

正在这时,忽然从门外传来一声声呜咽,很微弱,很凄婉。是谁? 查理马上警觉地起身,走过去把门拉开一道缝。

肆虐的狂风立刻裹着雪花从门缝里钻进来,查理不禁打了个哆嗦。几乎是与此同时,一个全身沾满雪花的毛茸茸的东西,嘴里发着"呦呦"的叫声,"呼"一下就从门缝里蹿进了屋。查理抹抹眼睛,这才看清进来的竟是一只小猩猩。

查理关上门,小家伙这时已抖掉身上的积雪,蜷缩着身子躲在墙角,一双贼溜溜的眼睛眨巴着,既胆怯又一副馋相地盯着炉子上那几个正烤得喷香的土豆。查理不禁笑了起来,脸上显出父亲般的慈爱,他从炉子上拿起一个土豆递过去,小家伙立刻飞快地接着,随后就"嘶哈嘶哈"地大口大口啃起来,查理看着呵呵直笑。

从这天起,这只小猩猩就成了这屋子里的一员。后来随着春天的来临,积雪化了,原始森林里透出了一片浓绿,可是小猩猩并没有要离去的意思,虽然它每天总要上森林里转悠一遭,但晚上必定回到查理的小屋来,还时不时地给查理带来一捧野果什么的。

随着日子的一天天过去,渐渐地,小猩猩长成了大小伙了,一身黑黝黝的毛,油亮油亮的。查理于是便给它取了个十分正式的名字:吉尼。每当查理唤一声"吉尼",它马上就会"嘤嘤"地答应着,听话地跑过来,站在查理身边,就像一个懂事的孩子。

不过,吉尼有时候也很顽皮,尤其是什么事都爱模仿,而且学会之后就大模大样去做。有一次货车进站,它竟然抢着去替查理扳道岔,还自说自话地举起安全旗,指挥货车通过。起先,货车司机猛一见这位陌生的扬旗手怎么竟是只猩猩,大吃一惊,后来也就慢慢习以为常了,熟了之后甚至还扬手和它打一下招呼呢!

说起来,也正是因为有了这么个帮手,让查理仍能在这个边远小站上坚守着岗位,因为查理终究是越来越老了,不但腰更加弯,步履也越发蹒跚。

这年冬天来得早。一天清晨,老查理发过了车之后,独自去附近森林里拾柴火,谁知一场突如其来的暴风雪,把他永远埋进了深深的雪窝之中。

吉尼在炉边睡够了懒觉起来,没见到老查理,就出去四处寻找,却始终没见到影踪。它似乎感到了一种不祥,对着茫茫大雪覆盖着的森林声声呜号,暴风雪落在它身上,把它变成了雪人,但它却直挺挺地那里一动不动,就像一尊雪雕……

傍晚,雪停了,这时候,从远处传来货车"轰隆隆、轰隆隆"的行驶声。货车司机开顺了这趟车,根本没想到此时小站上会出意外,直到临近拉起长笛,才猛地觉得情况不对,因为站上没有信号。

司机连忙紧急刹车,但因为惯性,货车哪能刹得住?挟风呼啸着,一直往前冲。司机吓得手脚冰凉,两眼一闭:闯祸了!这下闯大祸了!

眼看货车就要冲出铁轨,然而就在这千钧一发之际,司机恍惚中似乎听到熟悉的"哐当"一声,是扳动道岔的声音?果然,货车突然喘着大气,速度明显缓缓,终于慢慢停了下来。

司机惊恐地睁开眼睛,急忙跳下车,踏着厚厚的积雪冲进车站,可小站上空空如也,并没有老查理的身影。他再往道岔门望去,只看见被一身白雪裹挟着的吉尼,手中擎着安全旗。

司机意识到一定是老查理出事了,立即让自己的助手帮着一起分头去找。

吉尼也紧跟了过来,面对着原始森林,它歇斯底里地拼命哀号,那一声声对老查理的呼唤,揪得司机的心好痛好痛。

此时大家才明白:刚才是吉尼扳的道岔,救了这趟货车,还有他们的生命。

　　大家为老查理的遇难悲痛万分,同时又紧紧搂着吉尼,嘴里不住地喃喃道:"谢谢,谢谢你,好兄弟!"

　　货车开到里昂,司机立即把老查理失踪的消息报告总局,同时又汇报了吉尼扳道救险的经过。消息传开,记者们纷纷赶到这个人迹罕至的边陲小站,来采访这只有灵性的猩猩。

　　吉尼一下子成了明星,可它就是不愿离开老查理的小屋,它每天仍然等待那两列对开里昂的货车经过这里。

　　于是,铁路总局在重新给小站派来一名扳道工的同时,还下了一道特殊命令:给该站增开一份员工薪金。从此,吉尼就成了这个小站的一名正式员工。

　　猩猩员工,这在世界铁路史上,是一桩绝无仅有的奇事。

(徐自谷)

(题图:箭　中)

午夜搭车人

　　这天黄昏,探险家夏洛克坐在正开往非洲南部列车的卧铺车厢里,他靠在窗边,悠闲地吸着一支加长型的巴西雪茄,一边望着窗外的晚霞美景,一边回味着自己往日的探险经历。

　　这时,列车员来到他身旁,轻声告诫说:"先生,列车晚上要经过一片原始森林,请一定把车窗关好,注意安全。"

　　夏洛克朝列车员点点头,心里却不以为然:原始森林怕什么,我见多了。他根本不把列车员这话当回事儿。

　　可是半夜里,夏洛克被从梦中惊醒了,生性敏感的他似乎听到车厢里有人走动的声音,而且脚步很杂乱。他心里一惊,悄悄把眼睛睁开,朝声音传出的方向望去,果然看见几个魁梧的身影。

是劫匪？夏洛克心里不免有些紧张，尽管他也会擒拿格斗之术，但要赤手空拳与眼前这几个壮汉搏斗，恐怕也不是一件容易的事儿。

但奇怪的是，正当夏洛克暗自思忖的时候，车厢里突然恢复了安静，那几个黑影也不见了踪影，估计他们是午夜上来搭车的流浪汉，大概已经找到铺位睡下了。夏洛克吁了口气，于是就又安然睡去，并且还做起梦来……

夏洛克梦见自己来到一个大湖上，湖水清澈透明，他忍不住把鞋脱下来，光脚在湖面上转圈，胆大的鱼儿用小嘴擦碰他的脚心，那痒痒、酥酥的感觉，惹得他忍不住放声大笑起来。

这一笑，他就从梦中笑醒了。醒过来之后，他的笑声还没有来得及停止，却突然被眼前的景象给吓呆了！他看见自己身边居然站着三只体格健壮的非洲大猩猩，一只正好奇地用指头抠他的脚底板玩，一只则对着他的脚撒起尿来。

听到夏洛克的笑声，那三只大猩猩不约而同地都转过来盯着他看，脸上露出怪异的表情，半晌，又突然一哄而散。

夏洛克的心一下子就提到了嗓子眼，他赶紧把眼睛闭上，一动不动地躺在那儿。夏洛克知道，非洲大猩猩性情极不稳定，易喜易怒，而一旦发起怒来，就连雄狮也会被它们撕成碎片。而且这些家伙又鬼灵精怪，这会儿蓦地散去，过会儿不知又会出什么花招来，所以夏洛克决定老老实实躺在铺位上，静观其变。

果然，不一会儿，那三只大猩猩看夏洛克没有反应，就又聚拢过来，把他从铺位上猛拖下来，让他身体翻转趴在地上，一边一只踩住他的手和脚，让他无法动弹，另一只则坐在他的背上不停地扭动。夏洛克被压得简直喘不过气来，两眼直冒金星，五脏六腑犹如翻江倒海一般，不一会儿就被弄得晕晕乎乎的了。他万万没有想到，这次去非洲南部探险的目的地还没有到达，就要把命交在这儿了。

可就在这个时候，夏洛克感觉列车行进的速度好像突然缓慢下来，身上的压力好像也一下子减轻了，他不知道又发生了什么，悄悄侧转头来看，这才发现那三只大猩猩突然竟无影无踪了。

夏洛克激动地一下子从地上爬起来，虽然刚才那惊心动魄的一幕让他回想起来仍感到心有余悸，但意外遇险，却给了他前所未有的兴奋和刺激。

夏洛克把自己的奇遇原原本本地告诉列车员，可列车员却不以为然地朝他耸耸肩，调侃道："看来你没有听我的话，一定是晚上没有把车窗关上，让那群调皮的家伙给戏弄了。"

列车员给夏洛克解释道："你知道吗？非洲大猩猩的智商是很高的，他们经常会搭乘我们这趟列车到另一片森林里去采集食物，等把那里的东西吃得差不多了，就又会搭车回来，再来吃这里新长出来的东西。这些家伙一年四季要坐好几趟车往返，实在是鬼得很呀！"

听了列车员的这番话，夏洛克心里真是感慨不已："嗨，要说这些家伙，它们才是真正的探险家呀！"

（任瑞鸿）

（**题图**：佐　夫）

称 奇 道 趣

正是那些荒诞不经的奇思和异想,给我们的生活平添了些许新鲜感和情调。

第七个名字

左家最近添了一个又白又胖的大小子,一家子高兴得欢天喜地。

高兴了七八天之后,他们才忽然想起一件大事:总不能"心肝"呀、"宝贝"呀地老这样叫着,得给孩子起个名字,而且这名字还不能起得一般化,得超凡脱俗,得上档次。

孩子爸爸是公务员,在市政府办公厅上班。爸爸说:"干脆,咱家姓左,咱儿子就叫左官。左官者,做官也! 做了官,吃穿不愁,出行有车,风光无限嘛!"

孩子妈妈可不喜欢这个名字了,嫌太俗气。

妈妈说:"什么左官,这不太让人觉得咱是官迷了吗?"妈妈在妇联当秘书,妈妈说,"我想好了,咱儿子就叫左主,左主就是做主的意思。现在许多男同志到我们妇联来诉苦,说他们在家里没地位,做不了主。我们儿子今后可不能这样,不但在外面做官,就是在家里也要能做主,里里外外都是一把手。"

可孩子爸爸怎么听怎么觉得这名字不顺耳:什么左主,听上去就跟"做猪"一样。

可是,孩子爸爸不敢对孩子妈妈表示不满,就只好把这个名字打电话通报给自己的父母,也就是孩子的爷爷奶奶。

孩子爷爷奶奶的家和孩子家只隔着一条街,所以接到电话后,爷爷奶奶立刻就赶过来了。

孩子爷爷进门就说:"你们开什么玩笑?我活了大半辈子,从来没有听到过给孩子起这种名字的。左主是什么意思?猛一听就是做猪,做猪跟做狗有什么差别?你们说呀!"

孩子爸爸万没想到老人的观点居然会和自己完全一致,他偷偷瞥了孩子妈妈一眼,发现她满脸羞红,两眼含泪,于是赶紧打起了圆场,说:"这事儿得怪我,是我没有仔细考虑,是我……"

孩子爷爷鼻子里"哼"了一声:"我就知道是你干的蠢事!你也不想想,我们家这个左姓,是多好的姓啊,就让我孙子叫左为。海阔凭鱼跃,天高任鸟飞,男孩子嘛,长大了一定得有所作为。"

不过,别看孩子爷爷说起来振振有词,到头来还是得听孩子奶奶的。

孩子奶奶是位中学语文教师,教了几十年的学生,天天在咬文嚼字。奶奶说:"我告诉你们哪,叫左为也不太好。左为,作为,要知道,'作为'是可以泛指的,工人做工,农民种地,战士扛枪,不都可以说是一种作为吗?可我们家的孩子不一样,他将来是要做大事的,所以依我看,倒不如给他起个具体点儿的名字。你们说,左家怎么样?左家,作家,在知识文化界,作家是很受人尊敬的……"

孩子奶奶话没说完,孩子爷爷就鼓起掌来,赞同地说:"对呀,当个作家真是不错,作品获了大奖就是名人了,到时候可谓誉满天下啊!"

孩子爸爸一听就想笑:作家总比做猪强。

可孩子妈妈却撅起了嘴巴:左家,坐家,一个男人成天在家里坐着,会有多大出息?

孩子妈妈很固执,说:"不管你们怎么讲,我还是坚持我的意见。再说了,给孩子起什么名字,也要征求我父母的意见,他们是孩子的外公外婆,不能光你们说了算。"

为慎重起见,孩子的外公外婆很快就从乡下赶出来了,带来了满袋子的花生、核桃、鸡蛋、红枣,也带来了满身的乡土气息。

孩子外公说:"我看孩子叫左活好。孩子长大了总得做活呀,做了活才有饭吃,有衣穿,才能娶妻生子、发家致富啊!"

孩子外婆在一边不乐意了,撅着嘴说:"哎呀,为这起名的事儿,我们已经争了一路了。我说叫左活可难听了,做活做活,怎么听怎么跟旧社会当长工似的,孩子太遭罪受。我看应该叫左乐,有吃有穿有钱花,天天乐呵呵的,多好!"

一个孩子六个长辈,个个都说自己起的名儿好,争得面红耳赤也没争出个名堂来。

这时候,就听见一个很稚嫩、很清新的声音在说:"爸爸妈妈爷爷奶奶外公外婆,我不叫左官,不叫左主,不叫左为,不叫左家,不叫左活,不叫左乐,我叫左人!以后,不管做什么,我首先得学会做人。"

难道这话是从睡在床上的孩子嘴里说出来的?六个长辈冲到小床前一看,孩子的嘴巴果然在动。于是举家皆惊:还没满月的孩子,怎么会开口说话了呢?

(赵　新)

(题图:魏忠善)

我是老大

　　老杨闲得无聊,一天,他正在家里发呆,突然响起了一阵敲门声,有人在门外喊:"家里有人吗?"老杨开门一看,一个汉子正唯唯诺诺地站在门外,他肩上还蹲着一只鹦鹉。但奇怪的是,汉子站在那里,却不开口,倒是那只鹦鹉,用尖利的嗓音给老杨打起了招呼:"您好!"

　　老杨觉得这鹦鹉很有意思,便对汉子猜测说:"你是不是上门推销东西的?我向来不欢迎推销员,但你别出心裁地用这样的办法上门,我就区别对待一次吧!对于你给我带来如此的快乐,我向你表示感谢。""您过奖了。"汉子总算开了口,不过他说话时似乎顾虑重重,只说了这么一句,就怯生生地又闭紧了嘴巴。

老杨好奇地问他:"你今天上门,到底要向我推销什么东西?就直说吧!""啊,我……"汉子显出一副很紧张的样子。

老杨见状,缓了缓口气,说:"东西我不一定买,但可以先听听你的介绍。"汉子吞吞吐吐地说:"那……我实话对您说吧。"他指指肩上的鹦鹉,"它就是我想向您推销的东西,假如您喜欢的话……"

汉子似乎要向老杨谈及这只乖巧的鹦鹉,但还没开头,鹦鹉却抢过了他的话头,对老杨说:"我是一只聪明的鹦鹉,如果您买下了我,那对您是绝对有好处的。"

老杨没料到鹦鹉竟会说这么一大段话,而且说得这么老练。他惊讶地瞪圆了眼睛,嘴里不住地赞许:"不得了,怎么会有这么聪明的家伙?"他问汉子,"除此之外,它还会说什么呢?"

汉子说:"它会说的多着哩,您不管教它说什么,它听一遍马上就能记住。"

老杨不觉来了兴趣:"那你能不能让它给我表演一下?"

"这可……也行……"汉子吞吞吐吐地嘟哝着,可还没说成一句,鹦鹉却用它那尖利而清晰的嗓音,抢过汉子的话头说了起来。与汉子蠢笨木讷的模样相比,鹦鹉显得格外活泼和自信。

"真是一只了不起的鹦鹉啊!"老杨忍不住问汉子,"若是买下它,需要多少钱?"

汉子嗫嚅着,说了个价,不便宜,但老杨觉得还合情合理,毕竟是这么一只聪明少见的鹦鹉,如此能说会道。不过老杨还是要跟汉子讨价还价:"再便宜点,我买了!"

那汉子似乎并不黑心,最后让价三成,双方终于买卖成交。汉子接过老杨递去的钱,说声"谢谢",便走了。那鹦鹉见自己已被买下,抖开翅膀就飞上了老杨的肩头。

老杨兴高采烈地把鹦鹉带进屋,让它蹲在椅子上,一边打量,一边在心里思忖:我得让它成为我的助手,让它先替我看家,教它喊"谁"，家里没人的时候，若是它这一声喊，准会吓跑小偷……想到这里，老杨便朝鹦鹉点点头，猛喊了声："谁!"

看鹦鹉没反应，老杨又朝它点点头，说："听着，你现在跟我学。以后我不在家的时候，有人来了，你就喊'谁'!"

谁知，此时的鹦鹉全然没有了刚才的那股灵劲儿，歪着脑袋看着老杨，一声不响。老杨重复多次，鹦鹉依然如故。

"怎么回事，不对头呀?"老杨顿时心生疑窦：莫非那汉子会"腹语术"? 故意装出一副木讷的样子，自己用腹语说话，而让老杨误以为是鹦鹉在开口，用这只毫无本领的家伙骗钱?

老杨不甘心，又试了几次，可鹦鹉就是没反应。

老杨越看越觉得自己上了汉子的当，心里那个懊恼呀，真是别提了：唉，自己只顾盯着鹦鹉，都不问问那汉子姓甚叫啥，家住哪儿，连他的相貌也没有记住，真是吃了大亏啦! 现在怎么办? 还不如把这家伙煮了吃算了。老杨一边在心里懊恼，一边嘴里就开始没完没了地唠叨起来。

冷不防，那鹦鹉突然大叫起来："不得无理! 你又是煮又是吃的，老子可不是好惹的!"

老杨吓了一跳，简直不相信自己的耳朵："啊，你真会说话呀? 还会吓唬人? 这么说，那汉子不是在玩腹语术的把戏?"

"嘿嘿! 他没有玩把戏，用的真是腹语术。"鹦鹉接口道，"但是有一点，你弄错了!"

老杨被鹦鹉这话说得晕乎，"你这话是什么意思?"

"我是说，使用腹语术的不是他，是老子我! 像他那样的笨蛋，怎么可能使用腹语术呢? 他是个十足的笨蛋大哑巴，老子才是天底下聪明绝顶的哦……"鹦鹉喋喋不休地说个没完。

不过，它实在是过于能说会道了，老杨呆愣多时，惊讶之余反而感到不寒而栗。鹦鹉还在夸说自己的聪明与能干，可老杨心里却挺反感：这家伙实在可怕啊，它哪里像只鹦鹉，简直是妖精嘛！家里若是养着这么个东西，那自己的下场也会像那汉子一样，被它差遣是不消说的，不久之后肯定就会变成傻瓜。这还了得？说不准这家伙还有什么更厉害的妖术哦……

老杨不敢再往下想了，决定赶快把这只成了精的鹦鹉放走。他于是给鹦鹉作了个大揖，恭恭敬敬地说："鹦鹉大仙，我这儿没有好酒好菜招待您，您哪儿来还是请回哪儿去吧！"说着，就把屋里的窗子全打了开来。

那鹦鹉呢，对老杨说这番话似乎是预料之中一样，它连看都没朝老杨看一眼，翅膀一抖，就从窗子里飞出去了。

飞呀飞呀，鹦鹉很快就飞回了自己的老巢。"嗨，我回来啦！"它边喊边用嘴叩打窗玻璃。

那汉子闻声来到窗前，打开窗子把鹦鹉迎了进去，毕恭毕敬地给它鞠了个躬。

鹦鹉神气活现地对汉子说："喂，你从老家伙那里拿到的钱呢？统统给老子拿出来，若敢截留哪怕一点点，老子饶不了你。"

鹦鹉一声令下，那汉子果真就听话地把从老杨那里赚得的钱统统拿了出来，规规矩矩地放到鹦鹉面前。

鹦鹉用眼睛一扫，说："好了，给你两成，余下的统统归老子。像你这样连话都不会说的笨蛋，能分到点钱，吃上口饭，还不是托了老子我的福？记住，可别忘了老子我对你的养育之恩！"

汉子顺从地点点头，又毕恭毕敬地朝鹦鹉鞠了一躬。

鹦鹉抖抖翅膀，又发号施令起来："我忙到现在，肚子早饿了。去，给我弄点好吃的来！"

汉子顺从地直点头，然后就退下去为鹦鹉忙活起来。

只听鹦鹉在房间里大唱："鹦鹉鹦鹉最英明，最英明；我是老大我怕谁，我怕谁……"

（姚家斌）

（题图：安玉民）

火球从天而降

　　那天,变电站电力班的全班人马,在班长彭师傅的率领下,突击安装变压器。他们在火辣辣的太阳下挥汗如雨,一直忙到下午三点才完成任务。大伙儿回到站里,刚想喘口气,不料外面却突然变了天,狂风大作,雷声隆隆,不一会儿大雨就"哗哗哗"地倾盆而下。

　　有人立刻拍手叫好:"这下好啦,可以降温啦!"

　　还有人笑说:"可不是嘛,老天见我们干得辛苦,敲锣打鼓来慰问呐!"

　　大伙儿叫着、笑着,彼此打闹着,乐成一团。

　　可是彭师傅却开心不起来,他忧心忡忡地站在窗前,看着窗外自言自语道:"天变得这样快,雷打得这么凶,怕是不正常啊!"

他话音刚落,空中就划过一道耀眼的闪电,接着是一声震耳的雷响,突然,有团火红的东西从空中飘下来,圆圆的,足有脸盆那么大。

彭师傅猛一愣怔,立刻朝大家高喊一声:"注意,球形雷!"

他这一声叫,惊动了所有的人,大伙儿猛地抬头看,只见窗外一个红红的大火球在空中飘呀飘,在变电站外高压区上空直转悠。大伙儿的心立刻都紧张得拎了起来,谁都明白:如果大火球在这三万五千伏的高压区上空爆炸,后果不堪设想。

彭师傅对大伙儿说:"这是球形雷,不能小看它,但大家也不必害怕,这家伙就喜欢四处游荡。但是,如果等会儿它钻进来的话,大家一定要趴下,绝对不要说话,也不要乱动,更不要用手或其他东西去碰它。记住,这可不是闹着玩的!"

有个留小胡子的工人叫王义,他问彭师傅:"连屁也不能放吗?"

"当然不能放,球形雷最讨厌屁这玩意儿,小心它把你的小胡子烧掉。"彭师傅回答得很严肃,但大伙儿却都忍不住笑了,他们心想:亏得王义这小子,怎么会提出这么搞笑的问题?而且说心里话,大伙儿其实谁也不相信这大火球真会钻进来,门窗紧闭,它怎么钻?

但事情的发展是,那火红的大火球还真就飘飘悠悠地来到了变电站的窗前,而且就跟孙猴子似的,毫不费劲地就从窗户缝里挤了进来。彭师傅朝大家丢了个眼神,大家立刻齐刷刷地往地上趴,吓得屏住呼吸,一动也不敢动。

可偏偏王义那小子忘了彭师傅的嘱咐,兴许也是吓坏了,脱口就叫出声来:"哎呀,我的妈呀!"

他这声喊虽然没让大火球爆炸,可大火球却闻声径直向他飘来,贴着他的脸转了好几个来回。这下王义算是遭罪了,那心爱的小胡子被烧光不说,脸皮也被熏得乌黑,散发出一股烤羊肉串似的焦糊味。不过这小子终究还是好样儿的，为了顾全大局，他拼命咬牙忍着痛，嘴里没吭一声，身子没动一下，来了个"临危不惧、宁死不屈"。

那大火球见王义一动不动，大概觉得没啥意思了，于是便丢下他飘到门边，从门缝里钻了出去。大伙儿这才从地上爬起来，喘着大气抹着汗，看看王义那张没了小胡子的黑脸，一个个忍不住笑弯了腰。

这时，忽听外面传来一声巨响，还闪出一道火光，彭师傅拉开门冲出去一看，只见不远处的空地上站着一个人，身上的衣服已经被烧成一缕缕布条，冒着青烟。彭师傅上去帮他扑灭衣服上的火星，一看，这人原来是站里的勤杂工老张。

老张平时专门负责站里打扫卫生和给大家烧开水的工作，他做事很认真，就是耳朵背，跟他说啥他都听不清，所以得了个绰号"张聋子"。张聋子刚才不顾电闪雷鸣，来给大家送开水，走到这里正好与从变电站里钻出去的大火球相撞，好在只是衣服上着了火，没有伤及性命。

彭师傅将张聋子扶起，对他说："你乱跑什么？遇上球形雷你知道吗？真危险呀！"

张聋子却眨巴着眼睛反问彭师傅："什么，我碰到救星来啦？"

彭师傅听他这么问，真是哭笑不得："什么'救星来啦'，我是说，你被球形雷击中啦！"

"不可能！"张聋子直摇头，"不可能！雷只打坏人，不打好人。我又没做坏事，雷怎么会来打我？"

大伙儿说："不骗你，彭师傅说的没错，你真的被雷打了。"

可张聋子就是摇头。

王义见张聋子这个样子，便对彭师傅说："彭师傅，你不要白费力气了，他耳朵聋，听不清，你说了半天，等于对牛弹琴。"

谁知王义这话刚说完,张聋子就朝他两眼一瞪:"你胡说,我现在耳朵灵得很,你们讲的话我句句都听得一清二楚。哈,这天雷真是救星,治好了我的耳聋哪!"说完,他就一个劲地对天磕起头来。

张聋子的耳朵居然会被球形雷打醒?这事儿神了,大伙儿不由啧啧称奇。

正在这时,只见站里专门管收发文件的小高低着头,垂头丧气地走过来,王义喊他,他也不理。待走近了,彭师傅一看,发现他脸上挂着泪痕,不由问:"小子,你怎么啦?"

谁知小高只顾闷着头,不说话。

王义上去推了他一把:"你怎么回事?"

小高这才恍然大悟似的猛抬起头来,他看看大伙儿,指指自己耳朵,伤心地说:"唉,你们不知道,刚才球形雷爆炸,把我耳朵给震聋了。咋办呀?我还没谈对象呢……"说着,眼泪就下来了。

大伙儿一听,简直惊呆了:聋的不聋了,不聋的却聋了,这究竟是怎么回事呀?

彭师傅一时也没法给小高解释,于是就比比划划地安慰说:"别急,你先去医院看看,又不是天生的耳聋,医生肯定有办法。再说了,真要一时治不好,那就等下次球形雷来,肯定能治……"彭师傅说着,还把张聋子推到小高跟前,"不信,你看看他!"

(陈成钧)

(题图:魏忠善)

国王断案

　　不知是哪个国家，也不知是哪年哪月，说是有一天，国王要亲自断案。

　　告状的是个长得五大三粗的盗贼，他说："国王陛下，昨天晚上我想去一户人家家里偷东西，可他家门户紧闭，进不去，我便上了屋顶。哪知屋顶只一层苇席，我一脚踩上去便跌进屋里，差点摔断了腿。请国王陛下为小人做主，狠狠惩罚这家主人。"

　　国王一听，当即下令把房子的主人抓来，指着盗贼对他说："昨天晚上，这个人从你家屋顶上跌进你屋里，是吗？"

　　主人回答说："是的，陛下，幸亏他跌在我身上，不然非摔断骨头不可。"

　　国王一拍桌子："那你为什么只在屋顶上铺苇席而不抹

泥呢？"

"陛下，事情是这样。"主人说，"我家很穷，原来的一间破屋倒了，只得另盖一间，可好容易铺上苇席，钱却用完了，又没处可借，只得停工，想等有了钱再说。谁知……"

没等他把话说完，国王便不耐烦地下了命令："不管怎么说，他是从你家屋顶苇席上摔下去的，你是罪魁祸首，就该把你绞死。"

主人听了猛吃一惊，心想：你这是什么混账国王？不惩治盗贼，反要绞死我，我有何罪？但主人知道，在国王面前是没有道理可讲的，所以只得苦苦哀求说："国王陛下，这实在不是小民之过，都因为那编苇席的人把席编得太稀，稀了就不结实，这才使他掉了下去。仁慈的陛下，您可得为小民主持公道呀！"

国王一听，觉得主人这话有点道理，要是苇席编得结实，踩上去哪会掉下来呢？于是就下令将主人放了，去把编苇席的人抓来。

国王对编苇席的人说："你这个混蛋，为什么不把苇席编结实？害得那贼摔下来，差点跌断了腿。我今天要绞死你！"

可是编苇席的人听了，竟然哈哈大笑。

国王一拍桌子喝道："你笑什么？"

编苇席的人说："我笑陛下您是聪明一世、懵懂一时呀！苇席终究是苇席，在没有抹泥之前，哪经得住人踩？您若把我绞死，岂不冤枉了无辜？我一个小百姓，死了不足惜，可陛下您却会因此而失去民心。陛下，您应该惩治的不是我，而是那个贼，他黑灯瞎火地爬人家屋顶上去干什么？这种人留着，能国泰民安吗？"

国王一听，觉得这话有道理啊，于是就改变主意，立马下令把那个贼绞死。

剑子手们立即行动，将贼押赴刑场，让他站在绞架下面，把绞索套在他的脖子上。可是那贼个子很高,而绞架太低,怎么也不能使他双脚离地。

脚不离地就绞不死人,怎么办?

国王见刽子手们忙活了好久还没把贼绞死,就问是怎么回事,刽子手们便一五一十将情况向国王作了禀报。

国王一听大发雷霆:"蠢货,连这点办法也想不出来,你们平时饭都吃到哪里去了?他个子太高绞不死,那你们不会去找个矮一点的来代替吗?"

刽子手们一听:这是什么馊主意?差点儿笑出声来。不过,他们还是立刻去街上抓了个矮个子来。

矮个子直到被押到绞架下面,才知道大事不好,便大叫冤枉,说:"国王陛下,您是一国之王,我是您属下的子民,我上有老、下有小,一家子就靠我养活,我一向老老实实做人,什么坏事也没干过,您平白无故把我抓来,还要将我绞死,我究竟犯了哪条王法?"

国王笑笑说:"你没有犯王法,我也不想把你绞死,我要绞死的是那个贼。可是贼个子太高,绞不死,所以才让你来代替。如果你能想出办法来把贼绞死,我就放你回家,免你一死。"

矮个子望望旁边的高个子贼,又看看自己脚下,对国王说:"陛下,您让人在绞架下面挖个坑,让贼站到坑里,再拉绞索,不就可以绞死他了吗?"

国王听了顿时眼前一亮,矮个子说得对呀,于是就把他放了,并且下令挖坑。

可也许是因为天气干旱的缘故,脚下的泥土硬得跟石头差不多,几个刽子手挖了好一阵子,个个挖得满头大汗,才只挖了一点点。

这时候,站在一旁等着上绞架的贼发起了牢骚,催那几个刽子手说:"喂,你们使点劲儿,挖快些行不行?这样磨磨蹭蹭的,误了大事咋办?"

一个刽子手立刻朝他瞪眼睛:"你活得不耐烦了是不是? 我们都不急,你急啥?"

贼瞥了一眼国王,说:"你们有所不知,天堂里的国王刚才死了,他临死前留下遗言,谁第一个被绞死升天,谁就能继承他的王位。这么大的事我能不急? 求你们快点挖,好让我早点升天,去做天堂里的国王。"

贼这番话,被坐在一旁督阵的国王听得一清二楚。国王心想:天堂里的国王肯定比我更威风,这样的好机会怎么能让贼给拿去呢? 于是手一挥说:"好了,别挖啦,快将这个贼放了,把我吊上去。我个子不高,用不着挖坑!"

刽子手们先是一愣,但很快就明白了国王的用心,于是一拥而上,毫不犹豫地拉过国王,将绞索套在了他的脖子上……

(刘基舜　搜集整理)

(题图:箭　中)

奇妙的电警棍

　　这是个从归国华侨那儿听来的故事,讲的是外国的事儿。

　　说是有个警察,一天走进局长办公室,对局长说:"尊敬的局长先生,请允许我向您报告一件特大的喜事。"

　　局长朝警察看看,心想:喜事? 还特大? 他指指沙发:"你坐下说说,是什么喜事?"

　　警察依然站着,兴致勃勃地说:"您不是经常批评一些治安警察,随便用手里的电警棍去伤害遵纪守法的无罪公民吗?"

　　局长点点头:"是呀,这是一种很不好的行为,既让无辜的公民受害,也损害了我们警察的形象,很让人头疼。"

　　"可是,"那警察得意地笑着说,"局长先生,以后再不会发生这样的事了,您完全可以放心。"

局长很惊讶:"怎么说?"

"是这样的,局长先生!"警察扬扬他手里的电警棍,"为了防止并惩罚那些随便乱用电警棍的人,我经过反复研究,发明出了一种小小的装置。"

局长很感兴趣:"什么装置?"

警察拨开电警棍的一端,指着一粒和纽扣差不多大小的东西,说:"喏,就是它,这叫反馈电脑装置。"

"反馈电脑装置?"局长好奇地问,"它能起什么作用?"

警察介绍说:"它的作用可大啦!当您使用电警棍时,如果触到的是真正的罪犯,电流就会发挥强大的攻击作用,将罪犯击倒;但要是触到的是无罪公民,那对不起,电流就会反馈到您自己身上,将您击倒。"

听警察这么一说,局长当然高兴,可又不完全相信。他接过警察手里的电警棍,细细观察了一番,问:"真有这么奇妙?你倒是说说原理给我听听。"

警察自信满满地解释说:"原理很简单。我研究发现,凡是罪犯,他们身上都会放射出一种 x 微波,这是因为头脑中的高级神经受到恐惧刺激造成的,所谓'做贼心虚'嘛;而奉公守法的公民,他们身上就没有这种信号。这个小小的反馈电脑装置,就是根据这一特点设计的,当它接收到恐惧微波后,便会立刻发出指令,让警棍发出强大的电流,将罪犯击倒;而当警棍被用于攻击无罪公民时,因收不到微波信号,反馈电脑装置就会命令电流反向传导,将拿警棍的人自己击倒。您若不信,可以当场试验。"

局长一想也对,于是当即下令带来一个杀人犯。

警察对杀人犯大喝一声:"你为什么杀人?"一边喊,一边就将手里的电警棍朝他挥过去。只听"啊"一声惨叫,杀人犯倒在了地上。

杀人犯被带走以后,警察又对局长说:"局长先生,您如果不怕触电的话,现在就可以拿这根电警棍在我身上试验一下。"

　　局长倒也干脆,毫不犹豫地接过警棍,在警察的手臂上轻轻碰了一下。果然,这一碰,警察啥事也没有,而局长突然就感到身体一阵麻木,晃了晃,差点跌倒。

　　警察急忙扶住局长,连连说:"真对不起,局长先生,请原谅!请原谅!"

　　局长被警察扶到沙发上坐下,嘴里连连叫好:"这东西太奇妙,太奇妙了!"

　　可一转念,局长脑子里马上又跳出一个问号:眼前这个下属,他体内会不会有不怕触电的特异功能呢?为了进一步验证这个反馈电脑装置的可靠性,局长对警察说:"来,你拿警棍在我身上试一下。"

　　警察犹豫了。

　　局长说:"怎么,害怕了?"

　　局长一再催促,警察明知自己要吃点苦头,但为了让局长对自己的发明深信不疑,也只好咬咬牙上了。他拿起警棍,战战兢兢地往局长胳膊上一碰。

　　可奇怪的是,只听"啊"地一声大叫,警察一点反应也没有,局长已经跌倒在地上,失去了知觉。

　　第二天,警察被开除了,罪名是:藐视上司,戏弄局长。当然,他的发明也因此而夭折。于是,电警棍依然还是现在的样子,没什么奇妙可言了。

　　　　　　　　　　　　　　　(作者:木　桦;讲述者:吴文昶)

　　　　　　　　　　　　　　　　　　　　(题图:张恩卫)

拍 案 惊 奇

人心不足蛇吞象，丑态百出，让人不由拍案而起，啧啧称奇。

厂长咬工人

　　青山坞村没有什么企业,就一家化工厂,办得挺红火。

　　化工厂老板叫胡栾高,人长得矮小,但脑袋特别大,十年前开始办厂,不久之后财源就滚滚而来,很快由穷光蛋变成了土财主。财一大,气就粗,胡栾高从此说起话来嗓门比村委主任还大,再加屁股后边还跟着一群抱大腿的狐朋狗友,村里那些老实巴交的人都不敢惹他。

　　这天下午,胡栾高一觉睡到三点半,随后一摇三摆来到厂里,走进车间一看,见有个工人正趴在工作台上"呼噜呼噜"睡大觉,立时火冒三丈,骂道:"好啊,你个工人比我厂长还会享福呀?哼,不给你点颜色看看,就不知道我马王爷长几只眼!"他飞起一脚就朝那工人坐的凳子腿踢去。只听"啪"一声,凳腿立马就断了,凳子一歪,那工人往后一仰,跌了个四脚朝天。

胡栾高得意极了:"怎么样,味道不错吧?"

跌倒在地上的那个工人名叫申友杜,他昨晚一夜没睡,一直加班到天亮,可是厂里只给他一块钱一小时的加班费,连夜餐都不供应。他想想自己如此卖命,现在只不过是打了个盹,竟遭厂长如此戏弄,真是气不打一处来。别看申友杜平时是个老实人,一旦被惹恼了,发起脾气来可不得了,他瞪着血红的眼睛一骨碌从地上爬起来,拔出拳头,照准胡栾高当胸就是狠狠一拳。

胡栾高没防着申友杜会还手,在他看来,青山坞村只有他打别人,就没有别人敢动他的。现在这还了得?胡栾高立刻挥拳反击。可申友杜今天也是豁出去了,根本不在乎你什么厂长不厂长的,就这样,他们两个人你一脚、我一拳地打开了。

说实话,凭申友杜那个头,那一身力气,还有那一肚子的火气,对付胡栾高完全不在话下,但这毕竟是人命关天的事,他不能不手下留情。可是胡栾高却像只受了枪伤的野猪似的,对着申友杜乱撕乱咬。申友杜出于无奈,猛一下抱住胡栾高的身子,"嗨"地大吼一声,将他扛到了自己肩上。

胡栾高突然被申友杜架在空中,手脚使不出劲来,只好手脚乱蹬,身子乱晃,情急之下,他张开大嘴就朝申友杜手臂上狠狠咬了一口。顿时,申友杜手臂上鲜血淋漓,痛得一松手,将胡栾高扔在了地上,嘴里直抽冷气。

一个年长的工友见状,立刻提醒申友杜:"听说人牙比蛇牙还毒呢,快去医院看看。"

申友杜一想也是,就赶紧捂着手臂奔医院。

再说那个胡栾高,被申友杜扔在地上后半天没动弹。开始大家还以为他是在那里装蒜,都不去理会,后来觉得不对了,只见他不停地呕吐,浑身像是在抽搐,又过一会儿,好像眼珠也突出来了,这才发现情况不妙,就送他去了医院。

医生先后给申友杜和胡栾高做了仔细检查,认定申友杜只是受了点轻伤,经过消毒处理,上药,注射狂犬疫苗,然后就让他回去了;可是胡栾高病情较重,虽经抢救脱了险,可一时查不出病因,需要住院观察。

时隔两天,医生花了九牛二虎之力,才终于查出胡栾高是中了毒。

这可奇怪了:胡栾高虽然身为化工厂厂长,可他从不接触有毒物质,这毒是怎么中的呢? 看来十有八九是有人要对他这个厂长下毒陷害,胡栾高的妻子连忙向公安机关报案。

事关重大,公安机关立即组织力量进行侦察,可是查来查去却查不出什么线索。医生提醒说:"会不会是那个被胡栾高咬了一口的工人身上有问题?"公安人员立即传唤申友杜,并请医生给他进行血液化验。

这一化验,医生愣住了:申友杜的血液里,竟然含有微量氰化物。要知道,这氰化物是一种剧毒药物啊! 这到底是怎么回事呢? 公安机关立刻组织力量对此事进行深入细致的调查,终于很快就把真相搞清楚了。

原来,氰化物是化工厂平时生产上必不可少的原料,由于胡栾高平时根本无视厂里生产流程中的安全操作规定,申友杜作为一线工人,长期接触这种原料之后,氰化物便通过他的呼吸道和消化道进入体内,逐渐在血液中积储起来。按理,申友杜的身体早该出问题了,但因为他体质特别好,体内竟渐渐对这种毒素产生了抗体,所以就一直相安无事。可这种毒素却足以使一般人丧命哪,那天胡栾高就是因为咬申友杜而中了毒。

(陈志荣)

(**题图**:魏忠善)

巧计擒刁猴

　　动物园猴山上，前不久发生"政变"：一只年轻的公猴把原来的猴老大逗逗打得鼻青眼肿，遍体鳞伤，从而篡夺了王位。

　　逗逗一下台，就失去了往日一呼百应的权势，成了猴群中的"二等公民"。它独自躲在角落里歇了几天，越想越郁闷，一气之下便逃出动物园，跑进附近居民区里，过起了流浪生活。

　　可逗逗跑出动物园之后猴性却不改，加上心里的怨气没处发泄，于是就在居民区里胡作非为起来，不是跑进张家拿衣物，就是窜进李家吃饭菜，还在人家菜柜里、饭桌上到处拉屎撒尿。这一来，小区居民纷纷打电话给动物园，要求快把逗逗抓回去。

　　动物园派饲养员到居民小区来擒拿逗逗，可是逗逗却和他们玩起了捉迷藏，爬树上房，东隐西藏，饲养员根本抓不住它。

无奈之下，饲养员只好请来消防队员帮忙。可那些消防队员折腾了一整天，也一无所获。于是，活捉逗逗成了小区居民茶余饭后的热点话题，电视台为此专门作了报道，号召全市居民献计献策，动物园还承诺，谁出了金点子就有奖。

电视新闻播出的第二天，一个餐馆经理给动物园献计来了。他说："我带来了几样平时猴子最爱吃的食物，里面伴上了无色无味的速效安眠药，保管逗逗见了口水直流。我们把食物放到房顶上去，逗逗不会想到是我们故意放那里的。等它吃下去，昏昏欲睡的时候，你们就可以上去稳稳地抓住它，把它带回动物园。我这法子叫'美食计'，你们以为如何？"

大家一听，觉得这办法虽然不怎么新鲜，但可以试试呀，人碰上好吃的也会稀里糊涂上当，何况猴子呢！于是就把食物放上房顶，然后躲在一边，观察动静。

不多时，逗逗闻着香味儿来了，瞧着这些食品看了又看，捧到鼻子底下闻了又闻。但是这之后的举动却完全出乎大家意料，不但不入圈套啥也不吃，而且还冲着这些食物撒了泡尿，然后就来了个"天女散花"，把这些食物拿起来往房下扔。

美食计彻底失败了！有人就提议：干脆不与逗逗"弯弯绕"了，用麻醉枪打。也有人提议：要不就设陷阱，想办法把它引入后用网套住它。可这些法子最后都因为无法实施而被否定了。

就在大家绞尽脑汁的时候，一个娱乐厅的老板献计来了，说他的办法叫"美猴计"，就是从动物园里挑两只年轻的母猴，把它们打扮得漂漂亮亮的，然后送来引诱逗逗，兴许这招能行。

这个办法倒是从来没用过，不如试试？俗话说"英雄难过美人关"，英雄都如此，对付猴子那应该行之有效了吧？

可是，美猴计实行起来却有难度。因为逗逗毕竟当过老大，见了两只小母猴似乎并不十分动心。那两只小母猴呢，开始并不知道来这里干什么，两只眼睛不停地东张西望，而当看到屋顶上的逗逗之后,不觉一惊:过去你是老大,我们不能不拍你马屁,现在你下台了,我们再跟你亲热还有啥意思?所以它们"哧溜"一下撒腿就跑,幸亏那几个饲养员眼疾手快,把它们抓了回来。

但不管怎么说,这美猴计是没法用了。这一来,逗逗似乎知道大家拿他没办法,从此就更加为所欲为,把个居民区闹得到处鸡飞狗跳,不得安宁。居民们叫苦连天,可就是想不出办法来治它。

这天,有个机关小公务员来动物园,悄悄提了一条建议,还说:"你们先别声张,只要照我说的去做,保证猴到成功,万无一失。"大家见他说得这么肯定,决定试一试。

当天下午,饲养员把那只接替逗逗老大位子的年轻公猴从动物园里带来了,当着逗逗的面,他们将那只公猴打倒在地上,又往它脖子上捅了一刀,然后将它七手八脚装进一只麻袋里拖走了。其实,饲养员这些动作都是在做戏:他们事先给那只公猴灌了药,所以它晕晕乎乎的一打就倒;而打它的棍子其实是根塑料管,看上去挺吓人,打在公猴身上却连疙瘩也不起一个。

逗逗虽然很有警觉性,但这回却看花了眼,它以为新老大已经被杀,不但消了心头之恨,而且还以为自己可以重登老大位子,所以饲养员一招呼,就立刻兴高采烈地从房顶上跳下来,乖乖地跟着回动物园去了。一场艰难的捉猴大战终于到此收场!

事情传出后,有人问那个小公务员:"你这是什么计呀?"

他笑笑,说:"那简单,就叫'美官计',行不?"

那人又好奇地问:"美官计?你怎么想出这种计来的?"

他还是笑笑,说:"这不用想,不是常有人用这种办法来对付另外的人吗?"

那人继续追问:"可是,难道人与猴子相通?"

他淡淡一笑:"你忘了?人不就是猴子变的嘛!"

(吴　全)

(题图:魏忠善)

骆驼的命运

　　这天,市动物园园长刘挺正在办公室看报纸,忽然进来一个人,他闻声抬头一看,吓了一跳。来者是谁? 本市吴副市长的秘书王又丰。刘挺和王秘书本来就认识,所以嘴里就嚷嚷开了:"哪阵风把您这个大秘书给刮到我们小小动物园来了?"

　　王秘书也不见外,看看左右没人,就凑到刘挺耳边,压低了嗓门说:"副市长有个事要你帮忙,办好了,以后自然对你有好处。"

　　刘挺一愣:副市长要我帮忙? 那会是什么事呢? 莫非是要抓个动物回去养着? 他拍拍胸脯,对王秘书说:"什么事? 说吧,只要能办的,我刘某一定办到。"

　　"好,有你这话就行!"王秘书于是就把副市长要他办的事说了出来。原来,副市长的母亲得了一种怪病,许多大医院都治不好,后来几经周折,请到一位隐居深山的老中医前来诊治,老中医说这病他能治,但开出的药方很奇怪,每剂药都需要100克新鲜的骆驼肉来做药引。骆驼这东西,城里除了动物园,其他地方哪有?副市长让王秘书想办法,王秘书于是就来找刘挺了。

要新鲜的骆驼肉,那不就是意味着要杀骆驼?刘挺心中不由一跳:这两头骆驼,一头双峰,一头单峰,都是前年刚买来的,当时花了不少钱,它们现在是园里最受游客欢迎的明星动物,若杀了,怎么向全园职工交待?又怎么向广大游客交待?可要拒绝吧,这么难得的巴结机会,难道就白白放弃?

思来想去,刘挺犹豫着对王秘书说:"这样吧,我们把一头骆驼杀了,对外就说它突然暴病而死。"

王秘书一听,连连摇头:"这不行,一向好好的骆驼,不能说死就死,这肯定要招来怀疑。而且,那药引也不是一天两天地要,光一个疗程大概就要服差不多半年,一百多帖呢!"

刘挺听王秘书这么一说,急得在办公室里团团转:那怎么办?这事儿是副市长交待了的,别说是割骆驼肉,就是割我自己身上的肉,也得想办法给办呀……他拍着脑袋转啊转,忽然停下了脚步,喊道:"有办法了!"

刘挺附着王秘书的耳朵,如此这般一说,王秘书乐得哈哈大笑:"你这个家伙,行啊!"他连夸刘挺脑袋管用,还说当个动物园园长真是屈他的才了。

王秘书叮嘱刘挺:"就按你说的去办吧,不过一定得注意,要严加保密啊!"说完,就乐颠颠地回去向副市长汇报去了。

第二天,刘挺便依计行事给局里打电话,报告说园里那头双峰驼身上长了个疮,需要做小手术。局里当即答复:这类小手术不用报告,园里完全可以根据具体情况自己掌握。刘挺于是声称,既然是小手术,为节约园内开支,就不请兽医了,由他自己来做。他把双峰驼牵进大屋,关紧屋门后就朝它身上下刀,待再牵出时,双峰驼左大腿根部已经被包上了纱布,走路一瘸一瘸的。

刘挺兴奋地根本顾不上通知王秘书,自己兴冲冲开车就直奔副市长家,将一块新鲜的骆驼肉交到了副市长手里。副市长拉着他的手,连声说:"小伙子,你帮了我大忙,谢谢,太谢谢了!"

副市长如此亲切,刘挺简直受宠若惊,连声道:"小事一桩,这是我应该做的。领导今后有什么需要,请尽管吩咐,尽管吩咐。"

"哈哈哈哈!"副市长朗声大笑,"好哇,你这个动物园园长朋友,我算是交上啦!"

副市长这话,让刘挺顿时激动得浑身血液沸腾,回去之后,他巴结得更紧了,那头双峰驼每隔一天便被他牵去做一次手术,做了左腿做右腿,包扎的纱布一块比一块大。

隔了一阵,刘挺装模作样地又给局里打报告,说园里另一头单峰驼身上也长了个疮,可能是被双峰驼传染的,也得做手术。局里有些烦,说知道了,给骆驼挖个烂疮没啥了不起,哪用报告来报告去? 刘挺于是就又将单峰驼牵进大屋,隔天就给它做一次手术,待两条腿都包上纱布后,就又换双峰驼做……

这下职工们都看不懂了,他们觉得好奇怪:这到底是怎么回事呢? 眼看都几个月了,园长天天忙着为这两头骆驼做手术,还为它们买来精饲料补营养。可问题是,这两头骆驼的健康却一天不如一天,莫非它们是得了不治之症?

于是就有好心的职工劝刘挺:"园长,你对这两头骆驼也算仁至义尽了,既然无力回天,就别再费那么大劲儿了,听天由命吧!"

刘挺擦着红红的眼睛,假惺惺地说:"不行,只要有百分之一的希望,我就要尽百分之百的努力。这两头骆驼虽然来我们园里时间不长,可它们那么受游客欢迎,是园里的台柱子啊,我怎么能忍心看着它们倒下呢?"

刘挺仍然坚持为骆驼做手术,直到有一天两头骆驼彻底倒在地上,再也没有力气站起来。

来动物园的游客看到两头骆驼病得这么可怜,心疼极了,他们纷纷给电台、电视台打电话,发出了"救救骆驼"的呼声。全市还掀起了一个为动物园骆驼捐款的热潮,不少老人将自己的退休金捐了出来,还有不少小学生不吃加餐,将节省下来的钱送到动物园。短短一个星期,动物园就先后收到大家的捐款十二万元。

正当大家对抢救这两头骆驼充满希望的时候,没想到这天电视台播出了一条新闻:由于医治无效,这两头骆驼终于离开了大家。从专门赶去动物园拍摄的记者镜头里显示:那两头骆驼奄奄一息地躺在地上,眼含泪水,无力地用嘴撕拉着身上包扎的纱布,渐渐地,就耷拉下脑袋不动了……看到这最后一幕情景,不少人都忍不住伤心地哭了。

可是那个混蛋园长刘挺呢,不久之后却升任局长了。他走马上任后不久,就着手办理出国手续,去给动物园买西伯利亚骆驼和北极虎。事情办完之后,他又急着去副市长家邀功。

副市长母亲一看到刘挺,拉着他的手说:"小伙子,多亏了你啊!要不是你,我说不定早见阎王爷去了呢!"

可副市长却显得有些忧心忡忡,悄声对刘挺说:"老人家目前看是恢复得不错,就怕复发呀。"

刘挺一听,赶紧巴结道:"领导,不用怕,我已经买来了七只骆驼、两只虎,在动物园里养着,都是进口的外国品种呢!"

副市长一惊:"现在财政这么紧张,你买骆驼……倒也罢了,买虎干什么?"

刘挺笑道:"嘿嘿,我看您走路有些晃,估计是腿骨受了风寒,适当时候,给您弄点纯正虎骨……"

(晨　雨)

(题图:黄全昌)

神奇的百姓菇

　　李岭乡"五保户"王老汉家的土墙上,长出了一朵怪蘑菇,才半个月光景,那东西就长成脸盆那么大,而且油光发亮。

　　这下可把村里人给惊动了,大家都争着来看稀奇,可看了半天,到底是啥菇,谁也说不准。有人提议去请二十里外的"蘑菇王"来看看,蘑菇王从小就是靠采卖蘑菇长大的,现今已是七十多岁的老头,在这一带名气挺响,提起来谁都知道。

　　于是,王老汉就去把蘑菇王请了来。蘑菇王一见这菇吓了一大跳,端详了好一阵,连声向王老汉道喜:"了不得啊,你这是哪辈子积下的德呀?百年一遇的菇长到你家里来啦!"

　　蘑菇王给大家介绍说,这菇名叫"人参菌",是一种非常稀罕的滋补佳品,平时即使菌种落土也不容易长出来,可一旦出土,那就极具生命力,吃的时候,只须割下一小块就可以了。

王老汉听蘑菇王这么一说,高兴得不得了,在场的人也个个称奇。

就在人们七嘴八舌的当儿,蘑菇王附着王老汉的耳朵,把这人参菌的吃法详详细细地说了一遍。临走的时候,王老汉割下一块人参菌,硬要送给蘑菇王,蘑菇王推辞不过,只得收下。

这以后,王老汉天天早起便要吃一小块人参菌,不到半个月,就见他脸色红润,走起路来也特有劲,根本不像个需要被照顾的五保户。这一来,王老汉走到哪里,就等于把人参菌的活广告做到了哪里。于是,整个乡里都在传王老汉家这朵人参菌的故事,说王老汉无儿无女,这神菇是老天爷特意赐给他的。

话说李岭乡的乡长,是个逢迎拍马的高手,人参菌的故事自然也传到了他的耳朵里。那天,他得知上级领导要来检查工作,就特意派自己的秘书上王老汉家。

乡长秘书对王老汉说:"该你光荣一回啦!上级明天要来检查工作,乡长决定用你的人参菌给领导们补补身子。"

王老汉心里是一百个不乐意,可又不知该怎么拒绝,他愣愣地站在那里,没吭声。

乡长秘书看他这木木的样子,立马瞪眼道:"怎么,给你机会表现也不要?人家争也争不来哩。我问你,做人总得讲点儿良心吧?你别忘了,这些年你没饭吃的时候,是谁给你发的救济款?要不是乡里照顾你,你还能有今天?"

王老汉被乡长秘书这么一说,顿时没了辙,只好去灶房提了把菜刀来,嘴里嘀咕着:"唉,你们说光荣,就只好光荣了呗。"他忍痛割下一半人参菌,挺不情愿地交给了乡长秘书。

"呸!"乡长秘书没料到王老汉只割一半菌给他,自己还要留一手。他怒气冲冲地唾了王老汉一口:"是你自个儿重要,还是领导们重要?你这个人怎么这么没觉悟?"他抢过王老汉手里的刀，"嚓嚓"两下就把那剩下的另一半人参菌也给割走了。

乡长秘书把宝贝送到乡长那里，可把乡长乐坏了，一想到明天上级领导吃了这玩意儿，养了身子，给自己提了位子，他浑身上下就轻飘飘起来。

乡长秘书顺势巴结说："乡长，以后您高升了，可别忘了我呀。"

"那还用说！"乡长的脸此时已经笑歪了。

第二天，上级领导来，吃饭的时候，乡长把领导领进包厢，寒暄过后，一盆精心烹调的人参菌就被端上了桌。这帮入席的人平时可是闻香辨色惯了的，没等乡长介绍完，他们就一哄而上，把盆里的神菇给吃了个一干二净。

村里人闻讯都来看热闹，也有不少挺同情王老汉的，便去他家好言相劝，叫他看开些算了。谁知劝解的话还没说完，就有人大笑着奔过来，说是那帮饭局里的人吃了人参菌，现在一个个都赶着往茅房里钻哩！

王老汉猛听乍一愣，再一想，嘿！他拍着脑袋直嚷嚷："昨儿个那浑小子硬把我宝贝抢了去，可把我气得，也忘了告诉他这玩意儿该怎么吃。你们不知道，蘑菇王当初再三关照过我，这东西呀，非得蘸醋生吃才行。"

"活该！"村里人乐得拍手直叫，"这帮家伙，就该治治他们。"

于是，就有人发话了："这玩意儿呀，看来就是给咱老百姓吃的，咱们以后就叫它'百姓菇'吧！"

嘿，这话真被说准了：一个月不到，王老汉家的这朵百姓菇竟奇迹般的又长出来了，而且比原来的长得还要快，还要大。或许是因为当时乡长秘书急着把人参菌割下来，没有连根拔的缘故吧？

（张　金）

（题图：魏忠善）

原来如此

靠山屯前有条拒马河，河里出产一种红斑鳖，据说特别补身子。可惜近年来鳖少人多，滥捕滥抓，红斑鳖几近绝迹。

这天，靠山屯的村委代主任张大狗不知撞上了哪路好运，他正在河边走，一只红斑鳖居然爬到了他的脚旁。

在张大狗心里，代主任的这个"代"字放在那儿，怎么看怎么别扭，所以他得到这个宝贝之后，立马就提着去乡里孝敬给了李乡长。

巧了，李乡长最近正感精力不济，见张大狗提来这么个宝贝，真是喜出望外，当下拉着他就去乡政府隔壁的"洪福来酒店"，吩咐大厨把红斑鳖做汤后端上来。

趁等的工夫，张大狗便让小姐上酒上菜，他和李乡长两个人一边喝一边聊,张大狗自自然然地就把自己想要将代职转为正职的心里话给李乡长说了。

正说着的时候,红斑鳖汤端上来了,两人一喝,味道果然非同一般,肉嫩,汤鲜,尤其是那股补劲儿,两人立刻觉得小腹里有股热气在上下蹿。

渐渐地,他们两个就不老实了,拉过给他们上酒菜的小姐就"啃"起来,李乡长还硬逼着张大狗干了三大碗。三碗过后,张大狗吭也没吭声,就出溜到桌子底下去了。这下李乡长更是无所顾忌,一边品着美味的红斑鳖,一边品着两位小姐。

吃饱喝足,该去包房好好潇洒了,李乡长推推张大狗,咋没了动静?一摸,手冰凉冰凉的,赶紧试试鼻息,全没了反应。李乡长的酒劲立刻被吓到了爪哇国,他怕事情传开去,于是赶紧找辆车,把张大狗的尸体送回了靠山屯。

张大狗的老婆外号叫"尖辣椒",那可不是一盏省油的灯,见男人是陪乡长喝酒喝死的,可就不干了,哭天抢地非要讨个说法。

这事儿要是传出去,李乡长的乌纱帽可就保不住了,李乡长只得低声下气,最后答应出二万块抚恤金,这才把女人摆平。

那时候,山区还实行土葬,张大狗入棺的时候,按照当地风俗,一定要揭去脸上盖着的白布。可谁知这白布一揭开,人们吓出一身冷汗:张大狗竟然像活着的时候一样,两只眼睛睁得溜圆。

尖辣椒一看,就拖着李乡长不肯放手。为啥?自己男人这样睁着眼去阴间,能记住回来的路,日后定会搅得家里鸡犬不宁。他肯定是有未了的事窝在心里,你乡长不能不管,你得把他的眼皮给合上。

说实话,李乡长真不愿碰张大狗的尸体,不吉利呀。可这酒是两个人喝的,怎么说自己也脱不了这个干系呀!没办法,他只好哆哆嗦嗦地伸出手来,往张大狗的额头上一放,然后飞快地往下一捋,到了上眼皮这个地方又暗暗加了十分力。

可问题是:等到李乡长把手抽回来的时候,他发现张大狗的两只眼睛照样睁得溜圆。李乡长吓得两腿一抬就想跑,却被尖辣椒一把抓住了,连喊带号,不依不饶。

这时,有个声音挤进来:"干啥?干啥?有事好好说。"

随着说话声,来了一个中年人,李乡长抬头一看,是县政府的刘秘书。这刘秘书的家就在靠山屯,正巧今天歇班回来,路过这里,刚才已经在人圈外站了一会儿。

刘秘书问李乡长:"到底咋回事?大狗咋想起来请你喝酒?"

事到如今,李乡长只得实话实说。

刘秘书一听笑了:"咳,这有啥难的?"

他附着李乡长耳语了几句,李乡长抬腿就走。

尖辣椒一看急了:"哎,你可别走哇!"

刘秘书笑着安慰尖辣椒:"你放心,他要跑了,你找我!"

大约过了一顿饭的工夫,李乡长回来了,手里拿着一张纸。

尖辣椒一看,是李乡长自己起草的任命书,上面写着:即日起,正式任命张大狗为靠山屯村委主任。下面,还有他李乡长签的大名。

还甭说,别看这薄薄一张纸,可就是管用,李乡长把它给刘秘书看过后,盖在了张大狗的脸上。嗬,张大狗的两只眼睛竟立马合上了。

李乡长总算松了口气,正要抬脚走人,谁知刚转身,张大狗那已经闭上了的眼睛又睁开了,而且又睁得溜圆。"这可咋办?"李乡长吓得头上直冒冷汗。

刘秘书拿过任命书,上上下下仔细看了一遍,把李乡长拉到一旁,又低声耳语了几句。

只听李乡长问他:"能行吗?"

刘秘书胸有成竹:"听我的,这回准没错!"

于是李乡长又抬腿走了。

去了大约一顿饭工夫,他又回来了,手里还是拿着那张薄薄的任命书。不过这回他谁也没给看,就直接将它盖在了张大狗的脸上。

哈,等到再揭开看的时候,所有人都发现,张大狗的两只眼睛永远地闭上了,脸上的表情悠闲自得,嘴角还露出一丝满足的微笑。

尖辣椒顿时惊讶不已,抢过这张神奇的纸一看,越发生疑:不还是原来那张李乡长自己写的任命书?上面不还是那些话?一个字没多,一个字没少。

不过后来,她终于看出来了:在李乡长的签名处,新盖上了一枚鲜红的公章。

（刘春山）

（**题图**:黄全昌）

电话那边怎么啦

　　这天，洪局长有急事找黄副局长，他让常秘书拨通了黄副局长家里的电话："喂，是黄局长吗?"谁知从电话那头传来的声音怪怪的，"吱吱吱"叫了几声，接着就"啪"一声挂上了。

　　常秘书一愣：咋回事? 再拨，还是如此。

　　洪局长在一旁看了有些恼火，一把抓过话筒说："喂，小黄吗? 我是老洪。"

　　只听没一会儿，电话那头就传来黄副局长的声音："我是小黄，洪局长，您找我有事?"

　　常秘书在旁边一看，心里甭提有多别扭：这算啥事? 欺我是小秘书，不理我呀?

　　后来又有几次，常秘书给黄副局长家打电话，听到的又是

"吱吱吱"的声音,然后"啪"一声又把电话挂上了。他一留意,发现只要是洪局长,或者是柳副局长、陈副局长,但凡是带"长"字号的自己打电话,都是一打就通。哼,气人不气人?

不过,常秘书很快就把这其中的奥妙给搞清楚了。

那天下午,洪局长让常秘书去黄副局长家拿一份材料,常秘书在黄副局长家里见到一只猴子,黄副局长的老婆喜滋滋地给常秘书介绍说,这是朋友送她养着玩的,那猴的名字叫哈尼,瞧它那两只圆溜溜的大眼睛,特别乖巧聪明。

常秘书正"啊啊"有一句、没一句地和黄副局长的老婆应酬着,只听电话铃响了,哈尼突然就"嗖"地一下蹿上去,用前爪抓起了电话筒。常秘书离电话机近,只听见话筒里有个女的说:"喂,请问是黄局长家吗?"哈尼冲着话筒"吱吱吱"地叫了几声,"啪"立刻就把电话筒给扣上了。

常秘书恍然大悟:原来电话里听到的"吱吱"声,是这只猴子在叫哇!也真是的,他们家怎么让这家伙接电话?误了事情怎么办?

这时候,黄副局长已经把洪局长要的材料找到了,交给常秘书。常秘书拿了材料正要走,电话铃突然又响了,又是哈尼"嗖"地蹿上去,用前爪抓起了话筒。

常秘书听见话筒里是个男的声音,口气挺冲:"叫小黄接电话!"

常秘书以为哈尼又要扣话筒了,谁知它却捧着话筒扭头冲黄副局长眨眼睛,黄副局长赶紧走了过去。

常秘书一看哈尼和黄副局长竟然配合得如此默契,简直惊呆了:这猴子真是成精啦,不但能接电话,还能根据对方称呼主人的口气,判断该不该叫主人自己来听电话。

打这以后,常秘书就学乖了,每回打电话找黄副局长,张口就叫:"是小黄吗?"等黄副局长来接听了,再改称:"黄局长,您好,我是小常。"常秘书为自己探得如此奥秘而非常得意。

可谁知这天晚上,他这招突然不管用了。因为给洪局长准备的材料里要核实一个数据,他急着给黄副局长打电话:"喂,我找小黄!"不料这次不对了,尽管他口气很大,回答他的却是"吱吱吱"的声音。常秘书一愣:莫非那猴又出新花样了?

他正犹豫着要不要搁电话,忽然从听筒里传来一阵微弱的呼救声:"救……救命……救命哪……"听声音,好像是黄副局长在喊。常秘书心里"咯噔"一下,事不宜迟,赶紧拨110。

警察接到报警,火速赶到黄副局长家。砸开门一瞧,惊呆了:卧室床上躺着一男一女两个人,都光着身子,男的是黄副局长,女的最多二十岁年纪,看上去非常漂亮。可是女子和黄副局长的喉咙都被咬破了,气息奄奄,而那只猴子哈尼正满身是血地蹲在茶几上,摆弄着电话机……

经过抢救,黄副局长和年轻女子总算都捡回了一条命。再一询问,原来这事儿和黄副局长家的宠物猴哈尼有关。

不久前,哈尼脑子里突然长了个肉瘤,随时有生命危险,正巧一家医院在做一个脑移植手术的课题,征得同意后,医院就将一个死于车祸的男子的脑组织,移植到了哈尼身上,哈尼很快就又活蹦乱跳起来。

那天晚上,黄副局长趁老婆出差,把"小蜜"带回家鬼混。哪晓得这小蜜以前恰是那男子的相好,男子的脑袋现在移植到了哈尼头上,看见自己的相好居然投入了人家的怀抱,哈尼能不妒火中烧?于是就狠命扑上去,闹出了这等事儿……

(徐 彦)

(题图:罗培元)

拍卖判决书

　　前些日子,王老汉的妻子病故,在城里工作的儿子怕老爸在家睹物伤情,生拉硬拽把他接进了城里。

　　王老汉进城后无事可做,就整天去附近公园闲转。这天他在公园里转了一圈,出来后忽然发现路右侧一块空地上围了一群人,指手画脚地正在说着什么,便走了过去。

　　他挤进人堆一瞅,只见地上坐着一个三十多岁、面容憔悴的男子,左手抱着个面黄肌瘦的小男孩,右手拿着张盖有法院大红印章的判决书,正在流泪。

　　王老汉一打听,才知道那男子叫刘水,家住城郊,两个月前,妻子遭车祸身亡,不久六岁的儿子又犯了病,急需手术,可手术费要几万元,雪上加霜,愁得他一夜白了头。他刘水本来也不是一点钱没有,这几年在城里一家建筑工地打工,可问题是老板一直拖欠他们工钱,至今已经欠了他刘水五万多元。眼下为救儿子,刘水多次去向老板要,还给老板磕头下跪,可老板就是分文不给。去向亲友借吧,刘家的那些亲友们都不富裕,万般无奈之下,刘水只好把老板告到法院。法院最终判刘水胜诉,让老板在一个月内归还拖欠刘水的工钱。刘水满以为有了这纸判决,儿子的手术费就有了着落,谁知一个月后他去法院领钱,法院却告诉他:因老板失踪,判决无法执行。刘水怎么也想不通,被他视为圣旨般的盖有法院大红印章的判决书,竟会因此而变得分文不值。眼瞅着儿子危在旦夕,他喊天天不应、叫地地不灵,只好在这里哭求路人救救自己的儿子……

看着眼前这对可怜的父子,王老汉只觉得鼻子酸酸的。那些围观的人在知道了事情真相之后,也都骂老板心狠,怪法院无能。

就在此时,有个留着一撮小胡子的人从人堆里挤出来,对刘水说:"老乡,我看你也着实可怜。这样吧,你把判决书卖给我吧,我给你一万块,你赶紧拿这钱去给孩子看病。"

刘水见真有人要买他手里这份没用的判决书,自然巴不得,感动得一边连声说"谢谢",一边求"小胡子"能不能再给加些钱。

王老汉站一边看着,心里觉得非常惊讶:这判决书还有人要买?买下它能派什么用呢?

人群里有人小声嘀咕:"这小胡子是不是神经有毛病?"

立刻有人回应:"哼,他那是财迷病。你想想,五万元的债权,现在只出一万,以后能赚多少?"

喔,原来是这么回事!王老汉这才恍然大悟。

就在这时,人群里突然又有人喊了声:"慢!"随即,一个黑大个走出来,瞪了小胡子一眼,瓮声瓮气地说:"一万元就想买走?你小子也太狠了点吧?我再加一万!"

立刻就有人喊出声来："唷,老黑出马了,他手里可没有办不成的事……"

旁边有人问:"他是干啥的?"

"听说是干这个的……"回话的人边说边做了个手势,意思是:江湖上混的。

王老汉心里一沉:怪不得他比那小胡子还冲。

就在黑大个拦住小胡子要争买判决书时,又见一个中年男子站了出来。大家以为他也是想买判决书的,没料他走到刘水身边附耳低语了一阵,然后就拿过刘水手里的判决书,向大家吆喝起来:"各位,本着公开、公平、公正的原则,五万块标的判决书现在采用拍卖制,如果哪个想为孩子献爱心,就赶快参加竞拍。"

大家明白了:这男子懂拍卖,他热心站出来,是想用这办法帮刘水为孩子筹集治病的钱。

只听这个自告奋勇站出来的"拍卖师"对大家说:"刚才这黑大个说他出二万,现在我连喊三遍'二万',如果没人愿意出得更多,那判决书就归他了。好,咱们现在开始!第一遍,二万;第二遍,二万;第三……"

拍卖师第三遍的"遍"字还没落下,一个姑娘喊道:"我出二万五。"

大家顺着声音望去,只见那姑娘披肩长发,穿金戴银,一身名牌。有人禁不住"啧啧"起来:"看看,更厉害的来了!"

拍卖师于是就喊道:"好,这位姑娘要出二万五。二万五,一;二万五,二;二万五……"

黑大个见有人敢抢自己"生意",气得把眼一瞪,说:"我再加二千。"他边嚷边轻蔑地朝"披肩发"瞅了一眼。

披肩发可能是被黑大个挑衅的目光激怒了,嘴一撇,脚一跺,说:"加就加,我加到三万……"

王老汉还是第一次见这种拍卖场面,两只脚像被磁铁吸住似的,一直站在那里看,他不知是为黑大个叫好,还是为披肩发鼓劲,或许是希望能有更多的人站出来参加竞拍,拿出更多的钱来,把孩子的病治好。

这时候,黑大个已经把钱加到三万五了,披肩发一时没了声息,而最开始说出一万块的那个小胡子,早就不见了影。

王老汉正呆呆地看着这一切,不知谁从背后猛推了他一下,他留不住脚,竟"噌噌"几步走到了场中央。大家以为他要参加竞拍,立刻掌声鼓励,拍卖师也不失时机地将判决书递给他,说:"大爷,您过过目,这判决书可是货真价实的,盖有法院大印。"

王老汉一时傻了眼,站在场子中央,脸上一阵红、一阵白。就在大家的掌声再次响起时,他猛然像从梦中惊醒了似的,把腰一挺,头一抬,一字一顿对大家说:"我出五万,这判决书归我了……"

"哗……"这一回的掌声是空前的,四下里一片叫好,场上的气氛达到了高潮,所有人的目光都定格在了这个其貌不扬、一身农民打扮的老汉身上。

王老汉对刘水说:"小老弟,你在这儿先等一会,我这就取钱去,半小时一准回来。"说罢,挤出人群就走。

王老汉一走,人们就七嘴八舌起来,都说看王老汉这身打扮就不像有钱人,八成是借口取钱,脚底板抹油跑了。拍卖师觉得大家说得有理,想想自己刚才太激动,竟忘了拍卖规矩,没看王老汉的有效证件,现在后悔也来不及了。

很快,半小时过去,不见王老汉的影子,刘水有点坐不住了,他害怕两头落空,就转头求黑大个买下判决书。

黑大个这时候可就拉起了硬弓:"怎么样,上当了吧?告诉你,别听他瞎咋呼,我说的三万五就是个实价儿。五万?做梦去吧!哼,现在三万五我也不要了……"说着,也要走。

拍卖师见黑大个要走,慌了,赶忙拦住他说好话:"这位老兄,你先别走,今天这事不能怪他,要怪你怪我吧,我向你赔礼道歉,希望你看在生病孩子的份上,买下这张判决书吧!"

黑大个嘴一撇,说:"叫我买可以,你给我再减五千⋯⋯"

就在拍卖师央求黑大个时,只见王老汉气喘吁吁地回来了!他径直走到刘水跟前,从怀里取出五沓百元大钞,往他手里一塞,说:"你数数吧,五万元,一分不少。"

所有人都被眼前这一幕惊住了,议论声也随之而起:"知道吧,这就叫真人不露相。这家伙肯定是个大款,所以这身打扮,他是害怕被坏人盯上。""这是个真正的好人呀,不但有钱,而且是个慈善家⋯⋯"甚至有人还凑上来,想与王老汉套近乎。

那个黑大个呢,此时尴尬万分,他低眉下眼地给王老汉递上一支"红塔山",请他赏脸到酒店吃饭。

王老汉一摆手,说:"酒店吃饭,咱可吃不惯。"

说话间,一辆面包车驶来,"嘎"一声停在了路边,从车上走下一胖一瘦两个男子。那瘦子走到王老汉跟前,说:"王大伯,哪个人叫刘水?"

王老汉用手一指:"就是他。"

瘦子立刻走到刘水跟前,说:"刘水同志,我们王院长请你到法院去一下⋯⋯"

"什么,院长请我⋯⋯"刘水有些慌了,围观的群众也都向瘦子投去质疑的目光。

站在旁边的胖子见大家误解了,忙解释说:"这位王大伯是我们市中级人民法院王院长的父亲,他刚才回家向正在休病假的王院长要钱,说是要给农民工买公道。王院长听了大为震惊,立即指示我们来了解情况⋯⋯"

"啊,原来是这样。"大家听法院同志一讲,都把钦佩的目光齐刷刷投向王老汉⋯⋯

（刘　德）

（题图:安玉民）

美好前程谁作主

刘平的儿子金宝今天刚好满周岁。

按老家的习俗,这天晚饭之后要给儿子抓一次阄。一般人家给儿子抓阄的东西除了食品和算盘,就是书了。食品表示有吃,算盘表示有钱,书嘛不用说也猜得出,当然是表示将来读好书做大官。可是刘平两口子给儿子抓阄的东西很特别,最重要的书没有了,代替它的是一枚文化局的公章。

抓阄抓公章,这是刘平妻子阿英的主意。阿英说现在光读书好有什么用,有的人书读好了却连工作也找不到,有的人读书的时候笨得像头牛,工作了照样当官,所以得直接把官印抓在手里才最实用。刘平在文化局给局长当秘书,拿枚公章回来还不是小菜一碟?

可两口子的这点心思,金宝怎么能懂?晚饭时,阿英特地把儿子喂得饱饱的,然后把他平时最不喜欢吃的鸡腿当作食品,把一只用旧了的计算机当作算盘,把那枚文化局的公章端端正正地放在中间,旁边还特地放了一盒红印泥,这才让金宝去抓。可谁知金宝的小手在空中舞了两下,竟一把把鸡腿给抓了起来。

两口子气得简直要吐血,阿英说:"这小子怎么这么没出息?抓个计算机倒也罢了,明明吃饱了,却还要去抓这号子东西。"

两口子正闷闷不乐,突然阿英对刘平说:"不对,金宝是8月31日夜里十二点零六分生的,是因为要赶上每年8月31日读书报名的截止日子,我们才硬把他的出生时间算作8月31日的,金宝真正的周岁应该是明天9月1日!哈哈,我们应该明天晚上再让他抓阄,明天才是真的。"刘平一听,直夸阿英脑子转得快。

也是老天帮忙,第二天是星期天,公章还可以在家里留一天。为了确保能让金宝给自己抓到美好前程,刘平和阿英第二天一大早就起来了,每隔一小时就拿公章给金宝玩一次,他们想以此来培养儿子对公章的感情。

可公章到底不是玩具,不会变形,又发不出声音,怎么玩呢?哎,孩子就是有孩子的乐趣,金宝一看这东西印在手上有红红的颜色,就乐呵呵地到处印,凡是小手够得着的地方,都敲下了红红的大印,到后来,连他自己的小脸上也成了红彤彤一片。看金宝这么有兴趣地摆弄公章,刘平和阿英这才稍稍宽了点心。

晚饭后,鸡腿和计算机照例摆了出来,可是两口子发现公章不见了。不但公章不见了,就连金宝也不见了。阿英想:不会是被隔壁翎子抱走了吧?翎子是个八岁的小女孩,平时特别爱抱金宝去玩,于是就赶紧过去看。一看,金宝在,只是手上空空的。

阿英赶紧问翎子:"我们金宝手里玩的公章呢?"

翎子还小,哪里知道什么公章不公章的,瞪着两只眼睛直望着阿英。阿英急了,比划说:"就是金宝手里玩的那个木头东西!"

翎子明白了,点点头说:"阿姨说的是这个呀,我看它红腻腻的,把衣服都弄得一塌糊涂,就扔垃圾车里了。"

"什么?"阿英叫起来,"那垃圾车呢?"

翎子一看阿英的脸色,吓坏了:"开……刚开……"

阿英一听这"开"字,急得直跺脚:"唉呀,你怎么不问问我们就扔了?"她疯了似的冲出门,跑到街上四下看,哪里还有垃圾车的影子?早开走了,不由号啕大哭起来。

刘平听到声音赶紧奔出来问怎么回事,听阿英一说,立马吓得两腿发软:"都是你出的馊主意,这下我怎么办?怎么办哪?"

想来想去,唯一的办法是赶紧去刻一枚一模一样的公章来代替。两口子当晚就干了起来,阿英先去买和原先那枚同样材质的毛胚章,刘平又找出过去曾经留有公章印鉴的文件纸,然后拿去给刻章师傅,请他照着刻一枚。

可是刻章师傅直摇头:"没有公安局的证明,我不敢帮你们刻,这是违法的。"

刘平无奈之下只好把实情和盘托出,又朝师傅口袋里塞了大把的钱,师傅这才答应,还一再叮嘱刘平和阿英,这事儿万万不能说出去。刘平和阿英鸡啄米似的点头:"怎么会呢,我们比你还怕呢。"

师傅这才干了起来。公章刻好后,师傅搬来一摞旧报纸,把新刻好的章子蘸上红印泥,拼命往报纸上盖印,直盖到新章子的每一个缝隙都蘸透了印泥,和旧公章相差无几了,才交给他们。

星期一,刘平一大早就把师傅刻的公章送还到局长办公室。一整天,他都提心吊胆地注意着局长的反应,还好,局长用过两次公章,但都没觉出破绽,他心中的石头这才落了地。儿子抓阄的事是黄了,可总算单位里没出什么大事,想想也算了。

原以为花了钱就消了灾,不料下班回家路上,刘平从一个立交桥下走过,无意中瞥见一张治性病的广告上盖着一个鲜红的公章。这种广告上怎么会盖公章呢?刘平很纳闷,凑近去一看,却吓出一身冷汗:那上面盖着的,竟然是文化局的大印。

刘平四下一看,没人注意,于是赶紧伸手把这张广告撕了下来,可才走了几步,他发现另一张"房产交易"的广告上,也盖着文化局的大印。刘平的头"嗡"的一声大了:看来那枚正宗文化局的公章并没有被真正当作垃圾处理掉,而是被人家捡了去。

可是,这个人捡了公章为什么要这么干呢?刘平慌里慌张地一边走一边心里猜测着,他看到一张撕一张,一边走一边撕。可是,他哪里撕得干净哪?不光立交桥下有,其他地方也有,有一枚公章竟然盖到了法院的通告上面,把法院的公章都给盖住了大半。

刘平又害怕又着急,一路跌跌撞撞地回家,把这个新发现悄悄对阿英说了。事情到了这一步,该怎么收场呢?两口子懊恼不已,想了一夜也没想出什么好办法。

第二天,刘平刚上班就被局长叫了去,原来法院把电话打到了局长这里,还有很多人连夜举报,说文化局的公章满街乱盖。平时除了局长,这枚公章只有刘平经手,局长问刘平是怎么回事。

刘平吓得腿都软了,只好原原本本把事情经过说了出来。

局长气得指着刘平的鼻子说:"你……你怎么能这样?"

局长立即向公安局报案,警察一出动,案子就破了。原来文化局的公章和印泥被一个掏垃圾的疯子捡了去,他高兴得像捡到宝贝似的,走到哪盖到哪,被警察抓到时,他正在往市政府的通告上盖呢。

公章失而复得,不过刘平则被开除了公职。小两口本想拿公章给儿子抓个美好前程,没料却先把自己的前程给抓丢了。

(红　玉)

(题图:安玉民)

恶性竞争

小泰山一到春天,漫山遍野开满了桃花,往年很多人来这里看春景,今年也不例外。

这天晌午,有三个女孩急匆匆敲开山上一户农家的院门,面露难色地问主人:"对不起,能不能借你们家厕所用一下?"

这家主人姓曹,二话没说,就让妻子带她们去。

拐过一个弯,妻子把三个女孩带到院子后面一处有矮墙遮掩的角落,说:"那就是,你们去吧。"女孩感激地朝她点点头,随后其中一个就先走了进去。

突然只听一声惊叫,女孩慌慌张张地跑了出来。

她的两个同伴立刻紧张地问:"怎么啦?"

女孩惊魂未定地说:"吓死我了,吓死我了,地上都是蛆。"

妻子一听女孩这话,简直要笑痛肚子:蛆有什么好怕的,居然会吓成这样？她走回屋里,笑着说给大曹听。

大曹是个脑袋瓜一点就通的人,一听妻子这话就思量开了。他想了想,对妻子说:"现在生活条件好了,你看,上山来玩的人一年比一年多。你别说,人一多,上厕所就是个问题了,男人们还好说,找个僻静地方就解决了,可女人不行。依我看……我们不如建个厕所,肯定能赚钱。你说呢？"

妻子一听,丈夫说的是啊,而且建个厕所也费不了多少钱。她还给大曹出主意说,待厕所建成了,得在路口竖个指示牌,让过往的游客都知道这里可以帮他们解决问题。于是,大曹第二天就去买来材料,和妻子一起动手干了起来。完工了一看,厕所小是小了点,关了门只能容一人方便,但能顶个事儿啊。夫妻俩决定第二天就对外开放,进去一次收二毛。

大曹让妻子负责收钱,可妻子却抹不开脸,觉得不好意思,她在厕所门口放了张板凳,板凳上放了个木盒,让来解决问题的人自个儿掏钱放盒里。

没想大曹和他妻子这着棋还真走对了,每天进进出出来这儿解决问题的人还真不少。这一来,可就把住在他家隔壁的大严家老婆惹红了眼。

大严老婆过去从不拿正眼瞧人,好像别人家都低她一等,现在看到大曹家盖厕所赚了钱,心里就不平衡了,整天骂骂咧咧的,这样就搞得大严很恼火:你大曹能干,我姓严的就不能干？老子要盖个更好的,把去你那儿的人都抢过来！他把心思和老婆一说,两人一拍即合,于是严家厕所第二天就开工了。

好家伙,严家建这厕所整整花了一个月,而且还花了大价钱。建成了一看,这厕所男左女右,各五个蹲位,每个蹲位旁都有手纸卷,出了门还有专门的洗手池。更有意思的是,厕所内的墙上挂满了田园风光画,用大严的话说,这叫有农家文化。至于进去一趟的价格,那是一定要与大曹家那个简陋小厕所拉开距离的。他们二毛,大严老婆说:"我们得二块。"

可让严家夫妻俩郁闷的是,花了这么多心思,厕所开张一个星期了,就只有寥寥几个人来。大严想不明白,老婆手戳着他的脑瓜说:"现在不是流行做广告吗?曹家厕所有指示牌,你就多搞点,一直贴到景点去。"

大严一听:"对呀,老婆,还是你行!这样,我再给咱家厕所照张相,做成大牌子,到景点招人去。"

第二天,大严果真扛了个自制的大牌子上景点去了。也别说,他这一手还真吸引了不少人的目光,真就有人跟着来了。

走到严家厕所门口,大严说:"请吧,这里是真正有品位的农家厕所呢!大家准备好了,一人收二块。"

一听说要收二块,那些人不由嚷嚷起来:"太贵了,怎么要二块?市里也没这么贵呀!"不太着急解决问题的人于是就犹豫着停住了脚。

这时候,有个人注意到了隔壁大曹家的厕所,一问,只收二毛,于是就热心地朝大家喊起来:"快来啊,这里只收二毛啊!"

大家伙一听,立刻一窝蜂似的朝大曹家厕所涌去,有人还大声嘀咕:"上厕所又不是上市场,什么品位不品位的?干净就行。"

这些人可把大严气得!

大严只好无精打采地走进家门。老婆问他怎么样,他叹了口气,说:"别提了,人家嫌咱收费贵。可不贵,咱什么时候才能把本钱捞回来?唉,都怪你,看人家赚钱眼红,现在不是搬石头砸自己的脚了?"

老婆一听,哪受得了这话,立刻呼天抢地地大闹起来,两口子你怪我、我怪你,吵了一夜。

可是第二天一大早,大严突然精神焕发起来,对老婆说:"我有主意了！快点做饭,吃了之后我去拉人,你到厕所门口收钱去。"

老婆朝他一撇嘴:"别在我面前逞能,你还能有什么好主意?"

大严不吭声,吃罢饭,又突然让老婆再给他烙俩糖饼。

老婆白他一眼:"没吃饱呀你?"

大严依然不吭气儿。

老婆嘴巴虽硬,可到底还是很快把糖饼烙好,让大严拿着走了。老婆怎么看怎么觉得大严今天有点神神秘秘,也不知道他葫芦里在卖什么药,收拾完屋子,也不管有没有人来,就端了个小凳,去厕所门口坐着了。

老婆本已经不指望自家新建的厕所会有多热闹,可谁知才坐了不一会儿,就来了一位姑娘,给了她二块钱就往厕所里走。接着,陆陆续续地来的人渐渐多了起来,到后来厕所门口竟还排起了队,这下可把老婆给乐坏了。

至于大严,一直到吃过午饭,也没个人影,老婆于是就回到屋里,关起门来,开始在饭桌上数钱。

这时,外面有人敲门:"弟妹在家吗?"

大严老婆应了一声,突然愣住了:听这声音,不是隔壁家大曹吗?自打厕所较量开始,两家就不怎么说话了,今天人家咋会叫上门来?

大严老婆心里疑惑着,一边走过去开门,一边说:"哟,这不是他大哥嘛,有事呀?"

可待屋门一打开,大严老婆一声惊叫,人差点要昏过去:来者正是大曹,可他是送大严来的。只见大严浑身湿漉漉的,紧闭着双眼,身子一动不动。

原来大严自打早饭后离开家,其实就悄悄躲进了大曹家的厕所,在坑位上蹲着,外面有人要进来,他就在里面故意敲敲门,意思就是表示里面有人，人家等不及，就只好往大严家的厕所跑。就这样，一直蹲到中午，大严才想到要站起来活动活动，可由于蹲得太久，他站起来的时候两条腿发软，眼前金星直冒，头一晕，人就不由自主地倒了下去，"扑通"一声掉进了粪池。一直到中午，大曹过来准备清洗厕所，发现门推不开，叫了两声也没人应答，撞进去一看，这才发现已经昏迷过去的大严，于是赶紧叫人帮忙把他拉上来，冲干净他身上的粪便，把他抬了过来。

听大曹说完前后经过，大严老婆抱着大严号啕大哭："老天呀，这该怪谁呀……"

（金舞炫）

（题图：安玉民）

流泪的路灯

　　于清辰是一家灯具安装公司的经理,眼下的日子很不好过,因为公司正面临着破产的威胁。但就在他心急如焚的时候,一只救命电话从千里之外的南方某城市打过来了!那里的建筑商吴老板在电话里说,要请于清辰去一趟,说有个工程可以包给他。

　　这个吴老板是于清辰有一次出差时在飞机上结识的,于清辰接到他的电话真是大喜过望,立马就坐飞机赶了去。

　　吴老板已经开着自己的"奔驰"在机场等候了,在送于清辰去宾馆的路上,经过城中心广场时,吴老板把车停了下来,他告诉于清辰说,承包给他的工程,就是重新安装广场上的这一百多盏路灯。

透过车窗于清辰打量了一下，发现广场上这些路灯的样式十分奇特，每根灯杆上都有两盏灯，所有的灯光都向同一个方向照射，每个灯盏下面还缀有水滴形状的金属饰品，看上去有点别扭。

他不由脱口问吴老板："广场上的灯，怎么搞得这么怪模怪样？"

吴老板哈哈一笑："所以才要你来重新安装嘛！"

吴老板把于清辰安排在城中心一家星级宾馆住下，丰盛的酒宴早已准备好了，主宾落座后边吃边谈，双方没寒暄几句，谈判就进入了正题。于清辰报出一个比预算高一倍的试探性价格，他准备和吴老板来一番讨价还价，没想吴老板竟一口就应承下来。

这还叫什么谈判？顺利得简直出奇，于清辰心里不禁打了个结，怀疑吴老板会不会给他"吃药"。再一想，他心里更疑惑了：这么大一个城市，肯定有不少灯具安装公司，为什么你吴老板不请本地公司，反而要花大钱来请我这家外地公司呢？

于清辰的脑子急速旋转着，他顺手从桌上拿起一支烟，刚要点燃，旁边一个女服务员立刻凑上来"咔嚓"为他按下了打火机。于清辰感觉，这个女服务员似乎很注意地看了他一眼，他心里不由"咯噔"了一下：难道这里有什么花头？

可这个工程毕竟是一笔大生意啊，能让他的公司的立刻起死回生，如果白白放弃，实在可惜。所以，当吴老板把事先写好的合同递给于清辰后，于清辰前前后后仔仔细细看了三遍，实在看不出有什么问题，他牙一咬，把合同签了下来。

接着，双方又推杯换盏了一阵，于清辰感觉有点累，于是就提出想回房休息。吴老板也不勉强，叫来一个姓刘的下属，关照他好好照顾于清辰。

于清辰在客房里躺了一会儿，可睡不着，广场上那些模样奇特的路灯一直在他眼前跳跃。他决定去广场上看看,可是刚起身打开房门,对面的门马上也开了,吴老板属下的那个老刘从里面走出来,恭恭敬敬地问他:"于经理,请问您到哪里去?"一听说于清辰想出去转转,他立刻殷勤地表示愿意陪同前往。

于清辰本打算独自闲逛,可对方的好意不便回绝,于是两个人便一边说着话一边就向宾馆门口走去。

刚走到大堂,只见在晚宴上见过的那个女服务员端着一个盘子迎面走来,经过他们身旁的时候,她突然手一抖,盘子里的一杯饮料全洒在了老刘的外套上。老刘气得破口大骂,女服务员一个劲地给他赔不是。于清辰看这女服务员挺可怜,就劝了老刘几句,让他回去换衣服,说自己在大堂等他。

就瞅着于清辰独自在大堂的空儿,女服务员小心翼翼地问于清辰:"先生,你是不是要上街去看夜景?"

见于清辰点头,她立刻说:"先生,那你就去广场,不远,笔直往前走就是。无论如何你一定要去看看,它会让你终身难忘。"

被女服务员这么一说,于清辰等不及老刘出来,就自己走出了宾馆。他按女服务员说的,径直朝前走去,果然没走多久,就看到了广场。

可是,令于清辰不解的是,此时虽说才晚上十点多钟,广场上竟然冷冷清清,几乎没有路人,和周围热闹的街景形成了鲜明的对比。更让他奇怪的是,当他抬头看广场上那些路灯时,突然发现它的造型其实很像人的两只眼睛,而下面水滴形的金属饰物,就像人眼睛里滴下的泪珠。一长溜路灯竖在那里,就像人的一双双眼睛在看着他。

于清辰突然就感到背后脊梁骨一阵发凉,他不敢再看下去了,转身就走。

可就在这时,他听到一阵低低的哭泣声,仔细看,他发现前面一盏路灯下,站着一个十来岁的小姑娘,小姑娘嘤嘤地抽泣着,小肩膀一抖一抖,哭得十分伤心。

莫非这小姑娘迷路了? 于清辰走上去,关心地问她:"孩子,是不认识回家的路了吗?"

小姑娘哭着说:"今天是我的生日,妈妈说好要来接我,可她一直没来。"

于清辰拍拍她的肩膀,安慰说:"没关系,孩子,告诉我你家的电话,我帮你打个电话回去,让他们赶快来接你,好吗?"

小姑娘却摇摇头说:"我家没有电话。"

"没有电话?"于清辰于是就蹲下身来安慰她说,"那也没关系啊,咱们还可以想别的办法! 叔叔家里也有一个小姑娘,今年十岁了,你大概和她差不多大吧? 她是1996年出生的,有一次她也迷了路,可她没哭……"

于清辰话还没说完呢,谁知这小姑娘就朝他嚷嚷道:"错了,错了,叔叔说错了。"小姑娘仰起头,很认真地对他说,"1986年出生的人今年才是十岁,我就是1986年出生的。"

"什么?"于清辰一听愣住了,觉得这小姑娘有点特别,于是就逗她,"1986年出生的人今年十岁? 那你说,今年是哪一年啊?"

"今年是1996年,今天是9月1日,是我的生日呀!"小姑娘清晰而肯定地回答。

于清辰简直惊呆了,接着"扑哧"一下忍不住笑出声来:"今年怎么是1996年? 孩子,你可错大啦! 难道学校里老师没教过你? 明明今年是2006年嘛! 1996年,2006年,整整相差十年啊!"

可小姑娘却一口咬定:"不对,叔叔,错的是你,今年就是1996年。"

为了说服小姑娘,于清辰见有两个人正从不远处过来,就迎上去喊住他们道:"兄弟,借问一声,今年是哪一年啊?"

"你有病啊?"其中一个人不客气地朝于清辰嚷道,"我喝了一瓶半白酒,都知道今年是……2006年,你没喝酒……咋就糊涂了?"

于清辰被他说得很不好意思,只好解释说:"是这样的,那边路灯下的小姑娘非要说今天是1996年9月1日,她在等她妈妈来接她回家过生日……"

谁知于清辰话还没说完哪,这两个人突然抬腿就走。于清辰觉得很奇怪,摇着头只好回身去叫小姑娘,可待他回身一看,路灯下空空荡荡,哪有小姑娘的影子? 他顿时惊出一身冷汗,立刻匆匆回宾馆,一路上头也不敢回,感觉背后像有无数双流泪的眼睛在看着他。

走近宾馆时,他发现那个老刘正在门口紧张地东张西望,看到于清辰回来了,赶紧迎上来问他去了哪里。于清辰觉得刚才在广场上碰到的事情有点蹊跷,他不愿多说,就说只是在附近随便转了转。

上楼回客房时,那个女服务员又在楼梯口出现了,没吱声,只是有意无意地瞥了于清辰一眼。于清辰吃不准这女服务员到底想对他说什么,心里不由打起了一个个问号。

在客房门口,老刘拉东扯西地又和于清辰说了一会话。两人分手后,于清辰走进了自己的房间。他赫然发现里面门把上挂着个纸片,摘下来一看,只见上面写着:路灯下的小姑娘想见你,请你用手机拨打下面的号码……

于清辰心里一惊,潜意识里感觉自己碰到的一连串事情,一定和眼下承包的工程有关。带着满腹疑问,他迫不及待地掏出手机,照着纸片上写的,按下了一连串号码。

电话那头传来一个稚嫩的声音,果然是那个小姑娘:"叔叔,您不要害怕,刚才我不是故意吓您的。我……我是……"

接着就听见小姑娘旁边有个女子的声音:"还是让我来说

吧。"于清辰觉得这声音有点耳熟,突然想起来,就是那个女服务员。

从女服务员嘴里,于清辰知道了曾经发生在这个南方城市里的一段令人震惊的往事。

那还是十年前,城里现在中心广场的这个地方,那时是一所小学,1996年9月1日,是学校开学的日子,也是全校师生期盼很久的新教学楼落成典礼之日,仪式结束后,孩子们欢呼雀跃地向漂亮的新教学楼跑去。可就在他们刚刚跑进楼里的时候,意想不到的事情发生了!刚刚落成的教学楼竟然整体垮塌,刚刚进楼的一百一十二个鲜活的生命,骤然间消失了。

那里当然不能再办学校了,后来就改建成了广场。广场建成后,很多人都认为广场路灯的设计不漂亮。可是后来有心细的市民去数过,广场上的路灯一共有一百一十二盏,这下大家明白了,原来这里的每一盏路灯,都代表着一个屈死的冤魂哪!再后来,大家还知道,路灯设计师的外甥,也是那次垮楼事件中遇难的学生。

十年来,这一百一十二盏路灯,每天晚上都那么惨然地在广场上亮着,照得一些别有用心的人心头发慌。不断有人提出要改装路灯,把垮楼事件的最后一点痕迹抹去,但由于遇难者家属及市民们的坚决反对,才不得不作罢……

"你知道这个豆腐渣教学楼是由谁承建的吗?"女服务员在电话里问道。

"是谁?"于清辰当然不知道。

"不是别人,就是请你吃饭的吴老板他爹。那个姓吴的老家伙当时被判了十年刑,后来要出狱了,他怕看到广场上那些流泪的路灯,就让吴老板赶紧想办法把路灯改装了。吴老板于是就费尽心思,还威胁死者家属,谁敢找事就让他全家不得安生。依吴老板的为人,他什么事情干不出来?可毕竟当年这事儿闹得大,所以没人敢接他的活,他就只好从外地找人来干。我们也不敢当面直接告诉你,只能采用这种方式……"

于清辰心中的疑问,此时算是解开了,可他心里却更加沉甸甸的。

电话那头,女服务员并没有放下话筒,停了一会儿,继续说道:"我当时就在那个小学上学,要不是因为系鞋带掉了队伍,我会和同学们一起跑进新楼……每每想起那些死去的同学,我就睡不着觉,不为他们做点什么,我永远不会心安……"话筒里,她的声音有些哽咽……

第二天天明时分,于清辰已经在机场候机大厅了,他的手机突然响了起来,不用问他也知道,这个电话是吴老板打来的。

"好你个姓于的,"吴老板气急败坏地在电话里吼着,"你不按合同办事,是要付违约金的。"

于清辰却对他冷冷一笑:"赔多少,我认了。这个工程,我绝对不能接!"

城中心广场上整整屹立了十年的那一百一十二盏路灯,此刻全闪现在于清辰的眼前。于清辰心里清楚:无论如何,有些事情是永远不应该被忘记的!

(郭　选)

(题图:刘斌昆)